QUILOMBOS

Resistência ao escravismo

CLÓVIS MOURA

QUILOMBOS
Resistência ao escravismo

1ª edição
EXPRESSÃO POPULAR
São Paulo – 2020

Copyright © 2020 by Editora Expressão Popular

Revisão: *Dulcineia Pavan, Luiza Troccoli*
Projeto gráfico e diagramação: *Zap Design*
Capa: *Gustavo Motta, a partir de* Fabricantes de Jacá, *fotografia litografada de Victor Frond (1859-1861). Agradecemos a Gabriel Rocha e Sidney Ferrer pela contribuição com a sugestão da imagem.*
Impressão e acabamento: *Paym*

Dados Internacionais de Catalogação-na-Publicação (CIP)

M929q	Moura, Clóvis Quilombos: resistência ao escravismo / Clóvis Moura.— 1.ed.— São Paulo : Expressão Popular, 2020. 136 p.
	Indexado em Geodados – http://www.geodados.uem.br ISBN 978-65-5891-001-5
	1. Quilombo - Brasil. 2. Quilombolas - Brasil. 3. Negros - Condições sociais - Brasil. 3. Escravismo - Brasil. I. Título.
	CDU 326(81) CDD 326.981

Bibliotecária: Eliane M. S. Jovanovich CRB 9/1250

Todos os direitos reservados.
Nenhuma parte deste livro pode ser utilizada
ou reproduzida sem a autorização da editora.

1ª edição: Publicado originalmente pela Editora Ática
1ª edição: 1ª edição da Expressão Popular: novembro de 2020
3ª reimpressão: abril de 2025

EDITORA EXPRESSÃO POPULAR
Alameda Nothmann, 806, Campos Elíseos
CEP 01216-001 – São Paulo – SP
atendimento@expressaopopular.com.br
www.expressaopopular.com.br
🌐 ed.expressaopopular
📷 editoraexpressaopopular

SUMÁRIO

Nota editorial 9

Escravos, senhores e quilombolas.................................... 13

O que eram os quilombos 21

A sublevação quilombola contra
o aparelho repressor 39

Como se organizavam os quilombos 51

Palmares: república de homens livres............................. 59

Articulação internacional da quilombagem 95

Vocabulário crítico... 131

Bibliografia comentada 135

Griselda:
de companheiro
para companheira.

À memória dos
amigos tão presentes
Heron de Alencar
e Darwin Brandão,
quilombolas contra
a opressão.

NOTA EDITORIAL

A sociedade brasileira tem como uma das suas principais marcas históricas os mais de 300 anos de escravidão – desde a Colônia, passando pelo Império –, formalmente abolida apenas um ano antes da Proclamação da República. Como coloca Clóvis Moura, a contradição entre senhor e escravizado foi uma das muitas faces da luta de classes no Brasil durante esse período.

As consequências de tantos anos de exploração brutal em que os trabalhadores e trabalhadoras escravizados vindos da África não eram considerados seres humanos, mas apenas mercadorias altamente descartáveis, são evidentes ainda hoje, século XXI, em nossa sociedade principalmente sob a forma do racismo estrutural. O genocídio da população negra é algo que salta aos olhos ao mesmo tempo que busca ser normalizado pelas classes dominantes e ideias hegemônicas.

No entanto, é fundamental a recordação das formas de resistência das populações africanas lá escravizadas e trazidas ao Brasil, merecendo cada vez mais a nossa atenção, principalmente para pensarmos formas de superar os desafios trazidos pela questão racial em nosso contexto.

Clóvis Moura foi um importante militante de esquerda antirracista brasileiro, sendo um dos principais teóricos da questão do negro e suas formas de resistência. Sua grande contribuição para a reflexão e ação em torno dessa problemática começa a ganhar a merecida importância com a reedição de diversas de suas obras. A partir de uma perspectiva marxista – tendo em vista não apenas compreender a realidade, mas também transformá-la –, ele nos traz análises fundamentais para compreendermos a história e a questão racial no Brasil.

A Expressão Popular, cuja tarefa central é a publicação de livros que contribuam para a formação do pensamento crítico, espera que com a publicação desse pequeno, mas potente, livro sobre os quilombos possa se somar tanto para manter vivo o legado desse importante intelectual orgânico que foi Clóvis Moura quanto para fortalecer o movimento de esquerda e antirracista no Brasil.

Agradecemos a Soraya Moura que gentil e solidariamente nos cedeu os direitos de publicação deste livro, possibilitando com isso que as gerações atuais e futuras possam conhecer a luta dos trabalhadores escravizados, para que ela nos ajude a construir nossas formas de resistência atuais em busca da construção de uma sociedade justa e livre de racismo.

ESCRAVOS, SENHORES
E QUILOMBOLAS

> [Os quilombos] eram uma praga
> espalhada por todos os cantos
> e sem remédio. Eram como
> irmãos, coligados todos em se
> tratando de defender o sertão,
> de sorte que não pudessem
> penetrar nem mais aventureiros
> nem descobridores.
>
> *F. Borges de Barros*

O escravismo no Brasil tem particularidades substantivas em relação aos demais países ou regiões da América. Ele percorre um périplo de tempo de quase quatrocentos anos, espraia-se na superfície de um subcontinente e mantém sua estrutura em todo esse imenso território durante esse período. Por outro lado, a quantidade de africanos importados até 1850 mostra como a sociedade escravista conseguiu estabilizar-se e desenvolver-se em decorrência da injeção demográfica permanente que vinha de fora. Ao contrário de outras regiões da América do Sul, como Peru e Colômbia, onde o escravo negro ficou circunscrito a áreas determinadas, regionalizando-se o sistema escravista, aqui fincou pé a escravidão em toda a extensão territorial do que hoje constitui a nação brasileira, marcando a existência de um modo de produção específico, no caso particular, o escravismo moderno.

Por outro lado, não apenas a grande quantidade de escravos importados, mas a continuidade dessa importação conseguiram manter por tempo tão longo o sistema, através de mecanismos reguladores que permitiam substituir o escravo morto ou inutilizado por outro importado, sem que isso desequilibrasse o custo de produção das mercadorias por aquele produzidas. Ao contrário. Se os senhores de escravos assim procediam, era porque sabiam que uma *peça* comprada e produzindo durante sete anos (a média de vida útil do escravo) daria lucro suficiente para descartá-la após esse período e substituí-la por outra, que iria reproduzir o mesmo ciclo de trabalho, em iguais condições e proporções.

O número exato de negros entrados no Brasil durante todo o período escravista não está definitivamente esclarecido e não acreditamos, mesmo, que isso venha a acontecer. Não apenas pelas deficiências das estatísticas, mas, especialmente, pela existência do contrabando negreiro, fato que levava a se ter uma visão minimizada das reais proporções dessa população.

Vejamos a dinâmica demográfica produzida com o desembarque sucessivo de africanos escravos no Brasil. No ano de 1583, as estimativas davam à Colônia uma população de cerca de 57 mil habitantes. Desse total, 25 mil eram brancos; 18 mil, índios e 14 mil, negros. Segundo cálculos de Santa Apolônia, para uma população de 3.250.000 habitantes em 1798, havia um total de 1.582.000 escravos, dos quais 221 mil eram pardos e 1.361.000, negros, sem contarmos os negros libertos que ascendiam a 406 mil. Para o biênio 1817-1818, as estimativas de Veloso davam, para um total de 3.817.000 habitantes, a cifra de 1.930.000 escravos, dos quais 202 mil eram pardos e 1.361.000, negros. Havia, também, uma população de negros e pardos livres que chegava a 585 mil.

Proporções da *diáspora negra* no Brasil

Há quem estime em 50 mil o número de negros importados anualmente. Foi quando o escravo negro passou a ser chamado de "pés e mãos dos senhores" e Angola, de "nervo das fábricas do Brasil". O historiador Afonso de Taunay teve oportunidade de analisar criticamente as principais fontes dos historiadores que se ocuparam do tráfico. Rocha Pombo estima em 15 milhões o número de negros entrados pelos diversos portos, número que Taunay acha exageradíssimo. Renato Mendonça calcula em 4.830.000 o seu total. Calógeras, por seu turno, afirma que, no século XVIII, auge da importação de escravos, a média chegou a 55 mil, entrados anualmente.

Há, portanto, muitas dúvidas quanto ao total de africanos trazidos durante a *diáspora negra* para o Brasil.

Por outro lado, podemos dizer que, na América, o Brasil foi o país que teve a maior percentagem de escravos desembarcados. Segundo Décio Freitas, importamos perto de 40% do total de 9.500.000 negros (segundo as suas estimativas) transportados para o Novo Mundo. Seis vezes mais do que os desembarcados nos Estados Unidos (6%) e bem mais do dobro dos que foram para a América espanhola (18%), para o Caribe inglês (17%) e para o Caribe francês (17%).

Essa massa escrava, por outro lado, não ficou apenas concentrada em uma única região. Foi distribuída nacionalmente, em proporções variadas, mas conseguiu estabelecer, no Brasil, uma sociedade escravista que durou quase quatrocentos anos. O trabalho escravo modelou a sociedade brasileira durante esse período, deu-lhe o *ethos* dominante, estabeleceu as relações de produção fundamentais na estrutura dessa sociedade e direcionou o tipo de desenvolvimento subsequente de instituições, de grupos e de classes, após a Abolição.

Para termos uma noção de como o escravismo se estruturou nacionalmente, vejamos a distribuição da população escrava em todo o território nacional.

Distribuição dos escravos no Brasil

Para Skidmore, todas as regiões geográficas importantes tinham uma percentagem significativa de escravos entre a sua população total. Em 1819, conforme estimativa oficial, nenhuma região tinha menos de 27% de escravos em sua população. Quando a campanha abolicionista começou, os escravos estavam concentrados em números absolutos nas três províncias cafeicultoras mais importantes: São Paulo, Minas Gerais e Rio de Janeiro. Em 1872, quando os escravos constituíam 15,2% da população do país, nenhuma região tinha menos de 7,8% de habitantes escravos e a taxa mais alta era de apenas 19,5%. A escravidão, conclui Skidmore, "tinha se espraiado num grau notavelmente similar em cada região do país".

Foi exatamente essa uniformidade da presença do escravo nas diversas regiões do Brasil que proporcionou a continuidade da escravidão, sua duração e a formação, em decorrência, de um modo de produção escravista entre nós. Isso porque esses escravos foram distribuídos de acordo com os interesses da economia colonial, na medida em que se desenvolviam as economias regionais, subordinadas às necessidades do mercado externo. Segundo Artur Ramos, a população negra-escrava foi distribuída da seguinte maneira:

1) Bahia (com irradiação para Sergipe), de onde os negros escravos foram distribuídos para os campos e plantações de cana-de-açúcar, de fumo e de cacau, para os serviços domésticos urbanos e, posteriormente, para os serviços de mineração na zona diamantina;

2) Rio de Janeiro e São Paulo, onde os negros foram encaminhados para os trabalhos das fazendas açucareiras e cafeeiras da Baixada Fluminense e para os serviços urbanos;

3) Pernambuco, Alagoas e Paraíba, focos de onde irradiou uma enorme atividade nas plantações de cana-de-açucar e de algodão do Nordeste;

4) Maranhão (com irradiação para o Pará), foco onde predominou a cultura de algodão;

5) Minas Gerais (com irradiação para Mato Grosso e Goiás), com o trabalho escravo voltado para a mineração, durante o século XVIII.

Como vemos, de um lado, a relevância numérica de escravos no Brasil e, de outro, sua distribuição abrangente, atingindo todo o território nacional, determinaram a especificidade do escravismo brasileiro em relação aos demais países da América do Sul e mesmo em relação aos Estados Unidos.

Contradições fundamentais do escravismo

Daí podemos ver que a estratificação dessa sociedade, na qual as duas classes fundamentais – senhores e escravos – se chocavam, era criada pela contradição básica que determinava os níveis de conflito. Em outras palavras, a classe dos escravos (oprimida) e a dos senhores de escravos (opressora/dominante) produziam a contradição fundamental. Essa realidade gerava a sua dinâmica nos seus níveis mais expressivos. Dessa forma, os escravos negros, para resistirem à situação de oprimidos em que se encontravam, criaram várias formas de resistência, a fim de se salvaguardarem social e mesmo biologicamente, do regime que os oprimia.

Recorreram, por isso, a diversificadas formas de resistência, como guerrilhas, insurreições urbanas e quilombos. É dessa última forma de resistência social que iremos nos ocupar. Ela representa uma forma contínua de os escravos protestarem contra o escravismo. Configura uma manifestação de luta de classes, para usarmos a expressão já universalmente reconhecida.

Em cima dessa contradição, os senhores criaram uma estratégia de dominação, que se cristalizou no racismo, ao afirmarem que os escravos, por serem negros, eram inferiores, e, por serem inferiores, eram passíveis de serem escravizados. Assim como na escravidão clássica os escravos eram chamados de *bárbaros*, e com isso justificava-se a sua escravização, na escravidão moderna, pelo fato de os escravos serem índios, inicialmente, e, depois, negros, povos divergentes dos padrões estéticos europeus dominantes, a mesma estratégia justificadora foi empregada.

O QUE ERAM OS QUILOMBOS

Quilombo era, segundo definição do rei de Portugal, em resposta à consulta do Conselho Ultramarino, datada de 2 de dezembro de 1740, "toda habitação de negros fugidos que passem de cinco, em parte despovoada, ainda que não tenham ranchos levantados nem se achem pilões neles". Dessa forma, no Brasil, como em outras partes da América onde existiu o escravismo moderno, esses ajuntamentos proliferaram como sinal de protesto do negro escravo às condições desumanas e alienadas a que estavam sujeitos.

Na Colômbia, Cuba, Haiti, Jamaica, Peru, Guianas, finalmente onde quer que a escravidão existisse, o negro *marron,* o quilombola, portanto, aparecia como sinal de rebeldia permanente contra o sistema que o escravizava. Em Cuba, eram os *palenques,* muitos deles famosos.

> Às vezes – escreve Fernando Ortiz, os escravos fugitivos reuniam-se em locais ocultos, montanhosos e de difícil acesso, com o objetivo de se fazerem fortes

> e viverem livres e independentes conseguindo, em alguns casos, o estabelecimento de culturas à maneira africana e constituir até colônias quando conseguiam unir-se a algumas negras forras *cimarrones,* o que era frequente. Os escravos, em tal estado de rebeldia, diziam-se *apalencados* e os seus retiros, *palenques.*

No Haiti, o mesmo se verificou. Ligados ao culto vodu, os escravos negros daquela área da ilha de São Domingos transformaram os núcleos de negros refugiados nas florestas no fermento mais importante das forças que iriam conquistar a sua independência. Desde a primeira revolta de Makantal, em 1758, até a libertação do país, em 1804, os negros rebeldes são o contingente social e militar mais importante dessa luta. A mesma coisa verifica-se na Venezuela, embora em proporções muito menores. O movimento de Coro, em 1795, é liderado, ou pelo menos fortemente influenciado, pela parcela de escravos rebeldes daquele país.

Na Colômbia, há uma sucessão de *palenques,* dentre os quais o mais famoso e conhecido é o *San Basílio,* no século XVII, liderado por Domingo Bioho, que se proclamou *Rey Benkos.* Nos Estados Unidos, Haptaker fez um inventário minucioso das revoltas naquele país. Ainda no México colonial e nas Guianas, o mesmo fato pode ser registrado, sendo que na Guiana Francesa, um conjunto de quilombos, os "Busch Negroes" até hoje sobrevive. No Panamá, temos o exemplo de Bayano, líder de um quilombo agressivo, que colocou em pânico as autoridades coloniais espanholas até que ele foi capturado, morrendo em uma masmorra na Espanha.

Essas comunidades de ex-escravos organizavam-se de diversas formas e tinham proporções e duração muito diferentes. Havia os pequenos quilombos, compostos de oito homens ou pouco mais; eram praticamente grupos armados. No recesso das matas, fugindo do cativeiro, muitas vezes eram recapturados pelos profissionais de caça aos fugitivos. Criou-se para isso uma profissão específica. Em Cuba, chamavam-se *rancheadores; capitães-do-mato,* no Brasil; *coromangee ranger,* nas Guianas, todos usando as táticas mais desumanas de captura e repressão. Em Cuba, por exemplo, os *rancheadores* tinham por costume o uso de cães amestrados na caça aos escravos negros fugidos. Como podemos ver, a *marronagem* nos outros países ou a quilombagem no Brasil eram frutos das contradições estruturais do sistema escravista e refletiam, na sua dinâmica, em nível de conflito social, a negação desse sistema por parte dos oprimidos.

Presença nacional do quilombo

No Brasil, o quilombo marcou sua presença durante todo o período escravista e existiu praticamente em toda a extensão do território nacional. À medida que o escravismo aparecia e se espraiava nacionalmente, a sua negação também surgia como sintoma da antinomia básica desse tipo de sociedade.

Está havendo uma revisão na história social do Brasil, particularmente no que diz respeito à importância dos quilombos na dinâmica da sociedade brasileira. Por isso, eles manifestam-se nacionalmente como afirmação da luta contra o escravismo e as condições em que os escravos viviam pessoalmente. Saber até que ponto esse protesto, essa posição de resistência individual ou grupal correspondia à possibilidade de um projeto de nova ordenação social é outra discussão. O fato é que, no Brasil, como nos demais países nos quais o escravismo moderno existiu, a revolta do negro escravo se manifestou. Devemos dizer, para se ter uma ótica acertada do nível de resistência dos escravos, que a quilombagem foi apenas uma das formas de resistência. Outras, como o assassínio dos senhores, dos feitores, dos capitães-do-mato, o suicídio, as fugas individuais, as guerrilhas e as insurreições urbanas se alastravam por todo o período. Mas o quilombo foi a unidade básica de resistência do escravo.

Expansão geográfica da quilombagem

Em Minas Gerais, Rio de Janeiro, Mato Grosso, Goiás, Pará, Pernambuco, Alagoas, Sergipe, Maranhão, Rio Grande do Sul, São Paulo, e, conforme já dissemos, onde quer que o trabalho escravo se estratificasse, surgia o quilombo ou mocambo de negros fugidos, oferecendo resistência, lutando, desgastando em diversos níveis as forças produtivas escravistas, quer pela sua ação militar, quer pelo rapto de escravos das fazendas, fato que constituía, do ponto de vista econômico, subtração compulsória das forças produtivas da classe senhorial. Dessa forma, se o aquilombamento não tinha um projeto de nova ordenação social, capaz de substituir o escravismo, em contrapartida, tinha potencial e dinamismo capazes de desgastá-lo e criar elementos de crise permanente em sua estrutura.

Por isso mesmo, onde existia a escravidão, existia o negro aquilombado. Édison Carneiro, estudando as formas de luta dos escravos brasileiros, caracteriza-as da seguinte maneira: a) a revolta organizada, pela tomada do poder político, que encontrou sua expressão mais visível nos levantes dos negros malês (muçulmanos) na Bahia, entre 1807 e 1835; b) a insurreição armada, especialmente no caso de Manuel Balaio (1839) no Maranhão; c) a fuga para o mato, de que resultaram os quilombos, tão bem exemplificados por Palmares. De fato, essas três formas fundamentais de luta caracterizam, de modo geral, os movimentos rebeldes dos escravos, a quilombagem no Brasil. Devemos nos lembrar, porém, para que a visão não fique incompleta, de outras formas de luta usadas pelos escravos: a) as guerrilhas; b) a participação do escravo em movimentos que, embora não sendo seus, adquirirão novo conteúdo com sua participação. Finalmente, devemos acrescentar o banditismo quilombola.

Banditismo quilombola

Em casos extremos, o quilombola terminava bandoleiro, como Lucas da Feira, tão conhecido na Bahia.

Segundo Nina Rodrigues, Lucas

> era um negro crioulo escravo. Em 1828, ele fugiu do seu senhor e organizou, com a ajuda de alguns outros escravos fugidos, chamados Flaviano, Nicolau, Bernardino, Januário, José e Joaquim, um bando que, desde esse tempo até 1848, infestou as grandes estradas que conduziam à cidade de Feira de Santana, então simples vila. Durante vinte anos, esses bandidos cometeram crimes de toda espécie.

> Mantinham a pacífica população da vila presa de tal terror que, quando em 1844 o bandido Nicolau foi morto pelos policiais que o perseguiam e sua cabeça, trazida à cidade, se celebrou o acontecimento com verdadeiras festas públicas, que foram renovadas e duraram três dias quando Lucas foi aprisionado. [...] Mesmo sem instrução, [Lucas] fez-se chefe do bando. Não agiu absolutamente como os negros escravos, que se suicidavam: ele tomou a ofensiva [...]. Interrogado muito habilmente neste sentido, tomou todo o cuidado em não comprometer seus cúmplices. Negou todos os fatos que pudessem denunciá-lo. Premido ao extremo, acabou por declarar que não denunciaria jamais seus amigos. Sabia que seus dias estavam contados, mas jamais trairia aqueles que outrora o haviam ajudado.[1]

Depois de julgado, Lucas da Feira foi enforcado em 25 de setembro de 1849.

Mas, de modo geral, o quilombo não era móvel como os grupos bandoleiros que apareciam constantemente atacando nas estradas e nas fazendas.

"Eram como uma praga e sem remédio..."

Desde que a escravidão negra foi instituída no Brasil, havia *tapaiúnos* fugidos. Nas bandeiras havia

---

[1] Rodrigues, Nina. *As coletividades anormais*. Rio de Janeiro, Civilização Brasileira, 1939, p. 152 e ss.

negros, e muitos deles se refugiaram nas matas. As próprias bandeiras, por outro lado, se encarregavam de caçar quilombolas. Em 1723, Manuel da Costa pediu a Bartolomeu Pais que levasse, às minas de Caxipó, mercadorias e escravos pertencentes a um rico comerciante português. O bandeirante aceitou a incumbência e perdeu muito tempo nos campos de Vacaria, tentando capturar dois negros que fugiram, conseguindo finalmente o seu intento.

Outras vezes, os escravos negros ("peças de Guiné") juntavam-se aos índios para praticarem desordens. Uma delas era a destruição da forca. Várias vezes as autoridades verberaram as atividades dos "negros da terra e de Guiné", que repetidamente destruíram aquele instrumento de morte. Aqui, a expressão *negros da terra* corresponde aos índios e *de Guiné,* aos africanos ou aos seus descendentes.

Se isso acontecia em São Paulo, nas outras capitanias o fato se repetia. Os negros fugiam para as matas e depois de praticarem desordens se aquilombavam. As Câmaras sentiam-se impotentes para combatê--los, por falta de recursos, e a Metrópole, muitas vezes, recriminava-as por não terem condições de destruir os quilombolas. No Rio de Janeiro

atacavam aos próprios senhores. Assim, em Rio Bonito, o fazendeiro José Martins da Rocha Portela foi morto por seus negros. Tentativas de morte também havia, como a que se deu com o fazendeiro Miguel Teixeira de Mendonça, de Barra Mansa, ou com o sinhô-moço filho do fazendeiro José Joaquim Machado, do local Murundu, em Campos.[2]

Esses negros eram os que saíam dos quilombos ou aqueles que ainda praticavam o banditismo individual ou em pequenos grupos. Após os delitos, evidentemente procuravam os quilombos para se esconder. Esses escravos cariocas criarão vários quilombos à margem do rio Paraíba, de onde incursionarão para atacar fazendas e povoados mais próximos. Juntam-se, também aí, aos índios rebelados, constituindo força capaz de atacar de surpresa os senhores de engenho e suas propriedades. Em face das atividades desses quilombolas e índios rebeldes, muitas providências serão tomadas. Grupos de capitães-do-mato são formados e percorrerão as estradas e matas em busca de escravos fugidos ou de grupos de quilombolas.

O maior e mais conhecido de todos os quilombos do Rio de Janeiro foi o de Manuel Congo. A revolta começou na fazenda Freguesia, em 1838,

---

[2] Afonso Arinos de Mello Franco. Agitação dos escravos do Rio de Janeiro. *In*: Carneiro, Édison, (org.). *Antologia do negro brasileiro*. Porto Alegre, Globo, 1950, p. 230.

de propriedade do capitão-mor Manuel Francisco Xavier. Liderados por Manuel Congo, esses escravos assassinaram um lavrador branco, expulsaram os feitores e dirigiram-se armados para a fazenda Maravilha, propriedade do mesmo senhor, que foi invadida e depredada.

Em seguida, refugiaram-se nas matas. Nas de Santa Catarina, organizaram um quilombo. O escravo Manuel Congo foi aclamado rei. Depois disso, iniciaram uma série de violências e ataques às fazendas e aos engenhos das vizinhanças. As autoridades, porém, não ficaram inativas e organizaram a primeira expedição para dar-lhes combate. Essa tropa, composta de praças e comandada por um oficial da Guarda Nacional, foi fragorosamente derrotada. Uma verdadeira debandada. A desmoralização dessa primeira expedição repercutiu na classe senhorial e, ao mesmo tempo, um sentimento de euforia apoderou-se dos escravos. O excesso de otimismo foi fatal aos quilombolas.

Animados com o feito, prosseguiram em suas atividades, atacando e depredando, fato que porá em pânico os fazendeiros daquela região. Diante dos repetidos pedidos de auxílio dos fazendeiros, o governo enviou um destacamento de tropas regulares, que, no dia 11 de dezembro de 1838, dá combate aos escravos, fazendo verdadeira matança indiscriminada. Os quilombolas foram trucidados pelas tropas imperiais e os líderes caíram prisioneiros. Submetidos a julgamento sumário, sofreram penas que oscilaram entre o enforcamento e o açoite público. Manuel Congo foi condenado a morrer na forca, sendo a sentença executada no dia 6 de setembro de 1839. Outros líderes foram também punidos severamente. O Duque de Caxias foi o comandante da carnificina.

Espalha-se a quilombagem

Mas não é apenas no Rio de Janeiro que a quilombagem se manifesta. Ao contrário, nas outras áreas escravistas a sua atividade é igual ou muito maior.

Na Paraíba, por exemplo, o quilombo é a forma preferida de rebeldia. Os escravos fugiam para as matas, tornando-se um perigo permanente. A Metrópole reagiria, mandando instruções para que esses quilombos fossem destruídos. Muitos escravos, egressos de Palmares, com a experiência adquirida naquele reduto, estabelecerão um agrupamento quilombola em Cumbe, hoje Usina Santa Rita. Iniciarão em seguida uma série de ataques que intimidarão os senhores da região.

Os fazendeiros continuarão pedindo providências contra os "roubos que experimentavam os moradores do Sertão do Cariri, Tapuá e Taipu do mocambo Cumbi". A carta régia que comunica o fato diz ainda que naquele mocambo se encontravam índios evadidos, avaliando em cerca de setenta o número de indígenas e negros ali reunidos.

Medidas repressoras serão logo postas em prática, sendo enviado Jerônimo Tovar de Macedo com quarenta homens para combater o reduto. Não lograram êxito, contudo. Com a derrota dessa expedição, a situação se agravou para os senhores da região, atacados constantemente pelos quilombolas. Em vista dessa situação crítica, tempos depois, João Tavares de Castro, com um corpo de mercenários, marchará contra o quilombo, travando combate cerrado com seus componentes, "suprimindo muitos", aprisionando 25, arrasando finalmente o reduto. Anos depois, em 1851, será dissolvido outro quilombo que constituía "sério perigo" e vinha resistindo tenazmente às investidas das autoridades.[3]

Negro quilombola era ferrado como boi

A Metrópole não se conformava com aquilo que considerava um insulto à sua autoridade. Toma pro-

---

[3] Vidal, Ademar. Dois séculos de escravidão na Paraíba. *In*: Roquete Pinto (org.). *Estudos afro-brasileiros*. Rio de Janeiro, Ariel, 1935, p. 86.

vidências. Em 1741, mandará que seja rigorosamente cumprido o alvará de 7 de março daquele ano onde se manda ferrar (ferro em brasa) com um *F* na testa (Fujão) todo negro que fugisse e fosse encontrado em quilombo, e cortar uma orelha em caso de reincidência. A íntegra do alvará é a seguinte:

> Eu El-Rey faço saber aos que este Alvará em forma de lei virem: que sendo-me presente, os insultos que no Brasil cometem os escravos fugidos a que vulgarmente chamam de calhambolas, passando a fazer excesso de se juntar em quilombos e sendo preciso acudir com os remédios que evitem esta desordem, hei por bem que a todos os negros, que forem achados em quilombos, estando neles voluntariamente, se lhes ponha com fogo, uma marca em uma espádua com a *leitra* F, – que para este efeito haverá nas Câmaras, e se quando se for executar esta pena for achado já com a mesma marca, se lhe cortará uma orelha; tudo por simples mandado do Juiz de Fora, ou Ordinário da terra, ou do Ouvidor da Comarca, sem processo algum e só pela notoriedade do fato, logo que do quilombo for trazido antes de entrar para a Cadeia. Pelo que mando ao Vice-Rei, e Capitão-General de mar e terra do Estado do Brasil, Governador e Capitão-General do Brasil, Governadores e Capitães-Generais, Desembargadores de Relação, Ouvidores e Justiça do dito Estado, cumpram e guardem, e façam cumprir e guardar este meu Alvará em forma de lei, que

> valerá posto que seu efeito haja de durar mais de um ano, sem embargo da ordenação do livro 2º § 4º em contrário o que será publicado nas Comarcas do Estado do Brasil, e se registrará na Relação e Secretaria dos Governos, Ouvidoria, e Câmaras do mesmo Estado para que venha a notícia a todos. Dado em Lisboa ocidental a três de março de mil e setecentos e quarenta e um. a) *Rei*.

Esse é um exemplo bem óbvio do que era o Direito daquela época. Tais medidas, porém, não conseguirão impedir que os negros continuem fugindo, embrenhando-se nas matas e construindo novos quilombos. As cadeias públicas encher-se-ão de escravos rebeldes. Na Paraíba, em 1865, os escravos se rebelam ao verem as torturas a que um dos escravos presos fora submetido. Os demais presos atiram-se sobre a guarda, estabelecendo-se sério conflito, tendo morrido na luta os escravos Ildefonso, Félix, Tomás e o guarda nacional Manuel dos Prazeres. Além desses mortos, houve vários feridos.

Se isso acontecia na Paraíba, mais significativa era a atuação dos quilombolas em Minas Gerais, onde o contingente de escravos negros era muito maior. Havia em Minas Gerais uma cisão profunda entre as duas classes fundamentais da sociedade, senhores e escravos. Outros segmentos e grupos sociais, como contratadores, faiscadores, contrabandistas, artesãos, pequenos comerciantes e agricultores, negros forros, militares de baixa patente, clérigos sem paróquia, manifestavam, em maior ou menor grau, também a sua insatisfação diante da estrutura da sociedade. Criou-se, assim, um patamar de inquietação social, proporcionando a formação de movimentos ou intenções de mudança, que se manifestarão desde o século XVIII em sucessivas revoltas.

A tragédia de Isidoro, "O Mártir"

A luta era generalizada e constante. Vários quilombolas e bandoleiros se celebrizaram na região, como Ambrósio e Isidoro. Durante muito tempo, viveu no distrito diamantino, misto de bandoleiro e quilombola, o negro Isidoro, conhecido posteriormente como "O Mártir". Ele atuou à frente de cinquenta quilombolas. Era praticamente invencível, ou por tal o supunham seus adversários, até ser capturado no ano de 1809 e, depois, executado.

Joaquim Felício dos Santos descreve as atividades de Isidoro da seguinte forma:

> Isidoro era um pardo que fora escravo de um frei Rangel, que vivia da mineração. Processado como contrabandista foi confiscado a seu senhor em benefício da Fazenda Real, e condenado a trabalhar nos serviços de Extração, como galé. De caráter

altivo e não podendo suportar a pena que o obrigava a trabalhar de calceta, um dia limou os ferros, conseguiu iludir a vigilância dos guardas, fugiu do serviço e atirou-se à vida de garimpeiro. Sucedeu que outros escravos, também condenados, imitassem seu exemplo. Reuniram-se e Isidoro constituiu-se o chefe de uma tropa de garimpeiros escravos [...]. Entretinha frequentes comunicações com pessoas importantes do Tijuco que lhe compravam os diamantes que extraia [...]. Câmara foi o mais acérrimo perseguidor de Isidoro: ainda mais que João Inácio. Declarou-lhe uma guerra encarniçada; dissimulou patrulhas por toda a parte; bateu-o em diferentes lugares; empregou os meios de sedução, de ameaças, de violência com as pessoas que supunha protegê-lo. Isidoro, porém, sempre conseguia por-se a salvo de suas perseguições, já resistindo com a força, já por traças contaminando-lhe os planos bem combinados [...]. Assaltado de improviso por grande número de pedestres da intendência, resistiu só e valorosamente por muito tempo até cair ferido por três balas. Então, o prenderam e ainda o maltrataram, espancaram, feriram, como se se tratasse de um animal bravio. Isidoro, com as carnes rasgadas e mal podendo sustar-se, é levado à tortura. Em público, defronte da porta da cadeia, foi amarrado a uma escada, com os membros estirados e movimentos tolhidos. Dois pedestres começaram a açoitá-lo com bacalhaus. Logo as carnes se rasgam, o sangue salpica e abrem-se feridas ainda não

> cicatrizadas [...]. Foi recolhido à prisão [...]. Isidoro alguns dias depois, sentindo aproximar-se os seus últimos momentos, declarou que queria falar com o intendente para fazer-lhe uma revelação [...]. Quis falar, tentou erguer-se, mas já era chegada a sua hora e caiu morto [...]. Isidoro depois de sua morte foi venerado como um santo. Hoje ainda se diz: Isidoro, o mártir.[4]

Não eram apenas os quilombolas que tinham o corpo mutilado e/ou espancado pelas forças da repressão escravista. Vamos dar, no particular, alguns exemplos elucidativos. No *Monitor* de 5 de julho de 1846 o padeiro francês, Constantino Labrousse, anunciou que lhe fugira o escravo Gonçalo de nação Cabinda, de 25 anos com "uma orelha cortada e muitos sinais de chicote nas costas".

No mesmo jornal, lia-se o anúncio seguinte:

> Fugiram dous escravos a Caetano Dias da Silva, da vila de Itapemirim, os quais estavam na fazenda do Limão, um chama-se Manuel Paulo e tem ambas as pás, ou ombros, pelas costas, a seguinte marca *CDS* entrelaçados; o outro de nome Luciano, tem a mesma marca nas duas apás [*sic*] e em ambos os peitos; dá-se 25$ de alvíceras a quem os pegar.

---

[4] Santos, J. Felicio dos. *Memórias do distrito diamantino.* Rio de Janeiro, Castilho, 1924, p. 308 e ss.

Ainda no *Monitor,* de 15 de julho de 1848, o inglês Alexandre Davidson anunciou o escravo que lhe fugira, "marcado com três letras no braço direito".[5]

Como vemos, o corpo do escravo era equiparado ao dos animais, violentado, mutilado e espancado até a morte. Somente através do espírito de rebeldia, da luta e da reelaboração de comunidades livres, ele conseguia a sua reumanização. Do alvará da Colônia aos anúncios dos jornais, eles eram ferrados e tratados como gado.

---

[5] Feydit, Júlio. *Subsídios para a história dos Campos de Goitacases.* Rio de Janeiro, Esquilo, 1979, p. 351.

A SUBLEVAÇÃO QUILOMBOLA CONTRA O APARELHO REPRESSOR

Como vimos, a repressão do aparelho de Estado escravista era de uma violência que somente poderia ser combatida com uma violência idêntica, em sentido contrário. Foi o que aconteceu durante o regime escravista no Brasil. Ferrado como animal, torturado até a morte, combatido de todas as formas, em todos os níveis de tentativas de readquirir a liberdade, o escravo tinha de rebelar-se e de usar a violência contra o aparelho de dominação militar, ideológico e político que o desumanizava como ser.

Os quilombos tinham, por isso, de organizar um sistema de defesa permanente. Para tal, como se constatou no quilombo do Ambrósio, em Minas Gerais, e na República de Palmares, os negros tiveram de entrar em contato com outras camadas, grupos e segmentos oprimidos nas regiões onde atuavam. Precisavam de armas, pólvora, facas e outros objetos. Realizavam, então, um escambo permanente com pequenos proprietários locais, mascates, regatões, a fim de conseguirem aquilo de que necessitavam, especialmente armas e pólvora.

As autoridades sabiam desse comércio clandestino e impuseram severas penas àqueles que o praticassem. No entanto, os quilombos nunca deixaram de manter esse intercâmbio com áreas da economia escravista.

Alianças dos quilombolas

Essa ligação geral do escravo aquilombado com outros grupos sociais oprimidos não se dá por acaso. O escravo, quer em Minas, quer nas outras áreas, tinha necessidade de assim proceder para poder sobreviver. O escravo mineiro, por exemplo, ligava-se com muita frequência ao faiscador e ao contrabandista de diamantes e ouro, com eles mantendo um comércio clandestino, que era severamente combatido. Em face dessa concordância de interesses, os contrabandistas prestavam serviços aos quilombolas, informando-os das medidas tomadas pelo aparelho repressivo.

> Ao garimpeiro – escreve Aires da Mata Machado Filho – se aliou o quilombola, um e outro fora da lei, ainda que por motivos diversos, não tardou se encontrassem solidários buscando a subsistência na mineração furtiva.
>
> Com estes, outro tipo interessante apareceu nas lavras, surgindo no meio dos contrabandistas de vária espécie, que aí havia em grande número. Foi

o *capangueiro*, comerciante de *capanga*, pequeno comerciante que comprava do garimpeiro o produto das suas faisqueiras e o protegia mandando--lhe avisos cautelosos quando as tropas de dragões saíam em batidas aos quilombos e aos garimpos.

Desenvolvimento interno dos quilombos

Esse intercâmbio deve ter sido um dos fatores do poderio militar conseguido principalmente por Palmares.

No entanto, internamente, desenvolvia-se uma indústria de guerra dos próprios quilombolas, os quais fabricavam lanças, arcos, flechas, facas e outros objetos bélicos. Era uma forma de preservarem sua população das constantes investidas das forças escravistas. Além disso, estabeleciam sistemas de defesa, como muralhas, paliçadas, buracos com estrepes (lanças), para surpreender os invasores. No quilombo do Ambrósio, houve um grande intercâmbio entre os quilombolas e os contrabandistas. Dizem que as minas do mocambo eram ricas e Ambrósio vendia os seus produtos a comerciantes e contrabandistas da região. Esse comércio proporcionava ao quilombo meios de se armar e manter, durante muito tempo, o seu reduto.

Por outro lado, como unidade produtiva, o quilombo desenvolvia, internamente, uma série de atividades para se manter e alimentar sua população. Tinha seu setor artesanal, que se desenvolvia constantemente, metalurgia, tecelagem; finalmente, organizava-se internamente para conseguir, em caso de isolamento ou de guerra, manter-se sem grandes crises internas de produção. Essa dupla atividade do quilombo – de um lado, mantendo intercâmbio com outras unidades populacionais e produtivas e, de outro, desenvolvendo sua própria economia interna – permitiu-lhe possibilidades de sobrevivência na sociedade escravista que o perseguia.

Diogo de Vasconcelos afirma que esses quilombolas

> tinham mesmo em povoados, e até vilas, agentes secretos que com eles especulavam, comprando-lhes o ouro, peles, poaia, e mais coisas que podiam enviar, fornecendo, em troca, munições e gêneros. Entre os objetos ilícitos vinham os que pilhavam na picada de Goiás, e nos mais caminhos como nos povoados e fazendas que assaltavam, sobretudo nas comarcas do Rio das Mortes e Sabará.[1]

Os quilombos baianos, situados na periferia da cidade de Salvador, também praticavam esse tipo de escambo para se municiarem e complementarem a

---

[1] Vasconcelos, Diogo de. *História média de Minas Gerais*. Belo Horizonte, Imprensa Oficial do Estado, 1918, p. 169.

economia interna do quilombo naquilo que ela não produzisse. Muitos desses quilombolas chegaram mesmo a ir trabalhar na capital da Província, como se fossem livres, para regressar com a féria do dia e incorporá-la à economia quilombola.

Continuidade histórica do quilombo

Pelo que se pode constatar, dessa série de fatos, uma das características da quilombagem é sua continuidade histórica. Desde o século XVI, ela é registrada e vai até as vésperas da Abolição. Outra característica é sua expansão geográfica. Mesmo naquelas regiões onde o coeficiente demográfico do escravo negro era pequeno, o fenômeno era registrado.

Em Santa Catarina, por exemplo, Walter Piazza registra ajuntamentos de negros rebeldes. Pelo menos o de *Alagoa,* segundo ele, "deu panos para manga".[2] O mesmo autor registra outros, como o da Enseada do Brito, e relata a criação, ali, como consequência dessas fugas, da profissão de capitão--do-mato. Walter Piazza, além de mencionar o fato, afirma que outros quilombos "devem ter existido e

---

[2] Piazza, Walter. *O escravo numa economia minifundiária.* São Paulo, Resenha Universitária/Udesc, 1975, p. 120.

devem, também, ter provocado uma boa trabalheira aos homens da Lei".[3]

A mesma coisa acontece em São Paulo. Já no século XVII, a região araraquarense é palco de aquilombamento. O medo dos senhores de escravos aumentava à proporção que os negros se rebelavam.

No dia 12 de fevereiro de 1809, o capitão-mor de Itu, Vicente da Costa, comunicou ao governador, capitão general Franca e Horta, que os escravos daquela cidade e mais os de Sorocaba, Campinas, Porto Feliz e Itapetininga revoltaram-se

> fustigando os seus senhores e em quilombos e em quadrilhas armadas de fleixas e outras armas, atacavam os viandantes, as fazendas, roubando, matando e praticando outros insultos dentro da vila, e até mesmo formaram uma sedição na noite de Natal.

A isso, o capitão general respondeu:

> Se o ofício que V. me fez, me fora dirigido pela Câmara dessa vila, certamente Sr. capitão, eu julgaria que isto não era mais do que temer ela em sustentar com afinco o que expôs a S. A. Real, pois eu não vejo no ofício de V. algum fato novo ou desusado neste Estado por onde se infira esse ponto de insurreição; porque no Brasil todos os dias se estão vendo negros libertos ou cativos forçarem mulheres brancas, já

---

[3] *Ibidem*, p. 121.

> não digo estranhas mas até suas mesmas senhoras, matarem os feitores e os próprios senhores – sem que se tenha concluído daqui que a escravatura no Brasil está levantada em estado de insurreição contra os brancos; e bom seria que nesse dia que ela se havia de efetuar na noite de Natal próximo, se lhe dessem dobrados açoites em prêmio da boa nova.[4]

Esse estado de espírito dos escravos paulistas vai até as vésperas da Abolição, com a adesão do quilombo do Jabaquara, conforme veremos oportunamente. Durante os séculos XVII e XVIII, a fuga individual e o quilombo caracterizam o comportamento do escravo rebelde paulista. Depois – no século XIX –, as grandes evasões coletivas marcam esse tipo de comportamento. Mas um fato é evidente: durante todo esse tempo, de uma forma ou de outra, o escravo negro paulista é um rebelde permanente.

No Rio Grande do Sul também...

O fato se repete no Rio Grande do Sul, onde os escravos, sempre que possível, se rebelavam e/ou se aquilombavam. O historiador J. Maestri Filho, quem melhor pesquisou o assunto, afirma que:

---

[4] *Apud* Ribeiro, J. J. Cronologia paulista. *O Estado de S. Paulo,* 12 fev. 1981.

Nossa historiografia não se refere, especificamente, a quilombos no Rio Grande do Sul. Quando registra a existência de algum, é rapidamente, de passagem, sem maiores explicações ou comentários [...]. Os motivos da formação dos quilombos gaúchos podem ter sido muitos. O desconhecimento dos caminhos até a fronteira, o controle das estradas e picadas, a pouca vontade de terminar como 'peão' espanhol. Até mesmo o amor à terra. O certo é que o escravo gaúcho, em maior ou menor número, fugiu para aquilombar-se nas fraldas da serra, no fundo de uma floresta, ou na volta de um longínquo arroio.[5]

Maestri registra que

o arroio quilombo deve ter dado guarida a escravos fugidos, isso, porém, em época mais recuada. A consolidação lusitana nessa região (1801) encontra já esse topônimo sendo usado correntemente, tanto por espanhóis como por luso-brasileiros. Esta região talvez tenha sido palco de uma ocupação quilombola em épocas ainda mais remotas. Esses terrenos 'neutrais' foram, durante muito tempo, terra de ninguém; 'uma fronteira' entre as possessões das duas coroas.[6]

---

[5] Maestri Filho, José. *O escravo no Rio Grande do Sul.* Porto Alegre, Educs/ EST, s. d., p. 126.

[6] *Ibidem*, p. 128.

Maestri ainda nos informa da existência do quilombo do Negro Lucas, de diversos quilombos nas charqueadas, do quilombo do rio Pardo e outros, referindo-se, finalmente, à existência de insurreições escravas no Rio Grande do Sul.

Quilombos no Nordeste

Se os quilombolas se organizavam e resistiam no Rio Grande do Sul, nas outras regiões igual fato era registrado, especialmente na região Nordeste. Em Pernambuco, além dos quilombos registrados no século XVII, durante a ocupação holandesa, destacando-se Palmares (que àquela época estava localizado em território pertencente à capitania de Pernambuco), o movimento quilombola ainda é ativo em pleno século XIX, com uma dinâmica surpreendente, preocupando as autoridades.

Nesse particular, o trabalho de Josemir Camilo de Melo é muito elucidativo. Depois de registrar uma série de quilombos na área de Pernambuco e afirmar (registrando um fato permanente na quilombagem) que o "fenômeno quilombola está aliado a outros tipos de atividades clandestinas, de procedência anarcoespontânea, onde predomina a consciência grupal e individual", conclui que o ápice dessas lutas ocorre em Pernambuco, entre 1828 e 1830. Diz ele:

Em nenhum momento os quilombos esmoreceram e o importante para a sua sobrevivência era a mobilidade. Nunca se podia controlar todos os focos quilombolas. Controlavam-se as estradas, mas não dispunham de condições sobre o caminho das matas.

De 1827 a 1828 há três informações que comprovam a continuidade da luta. Paratibe e Fragoso eram acometidos pelos negros, dizia o Juiz de Paz de Igaraçu, enquanto que os de Pontas de Pedra, escrevendo em 1828, dizia estarem os negros se organizando em Terra Dura e Catucá e poderão ficar no estado formidável (*sic*) em que estavam a um ano.[7]

O mesmo historiador afirma que os quilombolas haviam chegado a um nível de organização ponderável, pondo em pânico os senhores, que usavam de todos os recursos para exterminá-los.

Poderíamos fazer um arrolamento de quilombos em todo o Brasil, o que é desnecessário nas proporções deste livro. O certo é que, onde quer que a escravidão tivesse se instalado, os quilombos eram uma constante. Elemento de fricção e desgaste permanente, os quilombos contribuíram, por isso, ao minarem e deteriorarem as relações entre senhores

---

[7] Melo, Josemir Camilo de. Quilombos em Pernambuco (no século XIX). *Revista do Arq. Público,* Recife, 1977/1978, p. 19.

e escravos, para a mudança social que desembocou no trabalho assalariado.

Do Amazonas ao Rio Grande do Sul, sua presença é incontestável. Registra-se sua atuação de desgaste social durante todo o regime escravista, especialmente nos séculos XVII, XVIII e XIX, quando a quilombagem se manifesta através de várias formas, tendo, porém, como ponto culminante, a República de Palmares, que vai de 1630 (aproximadamente) a 1695. Isso demonstra, de um lado, a existência de um sistema escravista de âmbito nacional, e, de outro, a participação do escravo rebelde, no sentido de querer extinguir esse sistema, por ser o agente histórico e social no qual a contradição fundamental do escravismo se manifesta mais agudamente. Dessa forma, não podemos deixar de ver o quilombo como um elemento dinâmico de desgaste das relações escravistas. Não foi manifestação esporádica de pequenos grupos de escravos marginais, desprovidos de consciência social, mas um movimento que atuou no centro do sistema nacional, e permanentemente.

COMO SE ORGANIZAVAM OS QUILOMBOS

Os quilombos, conforme já afirmamos, tinham várias formas de organização. Muitos eram pequenos, outros, maiores, mas todos com o mesmo objetivo: fugir do sistema escravista. Em face da grande diversificação da economia escravista, muitas vezes os quilombos reproduziam internamente o tipo de economia da área na qual se organizavam. Por isso, embora a maioria praticasse a agricultura, em face da grande tradição agrícola dos povos africanos, não havia uniformidade naquilo que poderíamos atualmente denominar modelos econômicos.

Décio Freitas fez uma tipologia dos quilombos. Para ele houve, pelo menos, sete tipos fundamentais: a) os *agrícolas,* que prevaleceram por todas as partes do Brasil; b) os *extrativistas,* característicos do Amazonas, onde viviam de drogas do sertão; c) os *mercantis,* também na Amazônia, que adquiriam, diretamente de tribos indígenas, as drogas para mercadejá-las com os regatões; d) os *mineradores,* em Minas Gerais, Bahia, Goiás e Mato Grosso; e) os *pastoris,* no Rio Grande do Sul, que criavam o gado nas campanhas ainda não apropriadas e ocupadas por estancieiros; f) os de *serviços,* que saíam dos quilombos para trabalhar nos centros urbanos; e, finalmente, g) os *predatórios,* que existiam um pouco por toda parte e viviam dos saques praticados contra os brancos. Nos seis últimos tipos, a agricultura não estava ausente, mas desempenhava um papel subsidiário.[1]

Como vemos, a regionalização da economia colonial, inteiramente dependente do mercado internacional, teve como consequência quilombos que reproduziam essa economia parcialmente, pelo menos quanto aos produtos. Tinham de executar uma economia interna que não dependesse da estrutura da sociedade abrangente, mas esta era refletida no nível daquilo que a economia quilombola produzia. Em outras palavras, os quilombos ou se sujeitavam a uma economia recoletora, o que não

---

[1] Particularizando essa classificação, Décio Freitas afirma que a "agricultura formava a base da produção econômica. As roças se situavam o mais próximo possível do quilombo, abrangendo a cultura de toda classe de gêneros alimentícios, numa variedade que a sociedade escravista desconhecia". *In: O escravismo brasileiro.* Porto Alegre, Escola Superior de Teologia de São Lourenço de Brindes, 1980, p. 43.

era possível, ou tinham de criar uma economia que produzisse aquilo de que os quilombos necessitavam e que era regionalmente possível, de acordo com as possibilidades ecológicas e as disponibilidades de matéria-prima ou de sementes daquelas áreas em que se formavam. Daí a diversificação de sua estrutura, que Décio Freitas especifica. Isso, por outro lado, permitia uma economia de abundância, pois os quilombos não se limitavam à monocultura das *plantations,* mas, ao contrário, aproveitando-se dos recursos naturais regionais e de elementos retirados das fazendas e dos engenhos, dinamizaram uma agricultura policultora-comunitária, que satisfazia as necessidades dos quilombolas e ainda produzia um excedente comerciável.

Por esse motivo, um poeta da época, Joaquim José Lisboa, escreveu:

> Entranham-se pelos matos
> e como criam e plantam,
> divertem-se, brincam, cantam,
> de nada têm precisão.

> Vêm à noite aos arraiais
> e com indústrias e tretas,
> seduzem algumas negras
> com promessas de casar.

A organização dos quilombos era muito variada, dependendo do espaço ocupado, de sua população inicial, da qualidade do terreno em que se instalavam e das possibilidades de defesa contra as agressões das forças escravistas. Aproveitavam-se desses recursos naturais regionais, e os exploravam ou industrializavam, dando-lhes, porém, uma destinação diferente no setor da distribuição. Em vez de se centrarem na monocultura que caracterizava a agricultura escravista, que também monopolizava a produção na mão dos senhores, os quilombos praticavam uma economia policultora, ao mesmo tempo distributiva e comunitária, capaz de satisfazer as necessidades de todos os seus membros. Enquanto na economia escravista a produção fundamental e mais significativa era enviada para o mercado externo, e a população produtora passava privações enormes, incluindo-se o pequeno produtor, o branco pobre, o artesão e outras categorias, que eram esmagados pela economia latifundiário-escravocrata, nos quilombos, o tipo de economia comunitária ali instalado proporcionava o acesso ao bem-estar de toda a comunidade.

Organização política dos quilombos

Para que isso acontecesse, havia necessidade de uma estrutura de poder interna que dirigisse o quilombo. Ele não era um simples aglomerado amorfo, sem que seus membros tivessem papéis específicos a desempenhar. Isso não ocorria. Quando os quilombos se consideravam já estabilizados, organizavam tipos de governo que determinavam a harmonia da comunidade e eram responsáveis por ela.

Como estavam sujeitos às invasões periódicas das forças de repressão que agiam constantemente contra eles, os quilombos tinham de organizar um tipo de poder capaz de defendê-los das investidas inimigas. No mais famoso deles – a República de Palmares – havia um governo altamente centralizado, uma monarquia eletiva, como o define Édison Carneiro. Além disso, tinham de criar formas de organização familiar, religiosa e, especialmente, econômica.

O binômio *economia-defesa* era o eixo das preocupações mais importantes dos dirigentes dos quilombos. Isso porque, se, de um lado, tinham de manter em atividade permanente grande parte da mão de obra ativa da comunidade na agricultura e em outras atividades produtivas, de outro, tinham de manter um contingente de defesa militar permanente, a fim de preservar sua integridade territorial.

Parece que no quilombo havia, do ponto de vista religioso, mescla de alguns valores do catolicismo popular com as religiões africanas. Imagens de santos foram encontradas em Palmares. Já em regiões quilombolas de Minas Gerais, segundo podemos conjeturar, baseado em pesquisas arqueológicas recentes, não há vestígios de objetos de culto católico nos quilombos pesquisados.[2]

No quilombo do Ambrósio, em Minas Gerais – que chegou a reunir mais de dez mil aquilombados (afirma-se que sua população poderia ter chegado a 20 mil) –, localizado entre os municípios de São Geraldo e Ibiá havia, segundo o historiador Waldemar de Almeida Barbosa, "um modelo de organização e disciplina, de trabalho comunitário". Para esse autor, os negros eram divididos em grupos ou setores, "todos trabalhando de acordo com a sua capacidade". Uma particularidade do quilombo do Ambrósio em relação à economia da República de Palmares era que nele se praticava a pecuária, através dos campeiros ou criadores, ao contrário da estrutura palmarina, onde essa atividade não existia. A parte da população

---

[2] Essas afirmações baseiam-se na pesquisa de Guimarães, Carlos Magno e Danna, Ana Leticia Duarte. "Arqueologia de quilombo em Minas Gerais". *Pesquisas;* estudos de Arqueologia e Pré-História brasileira. São Leopoldo, 1980, n. 32. É de se destacar nesse trabalho pioneiro as reproduções de desenhos rupestres do quilombo da Cabaça e detalhes do painel da serra da Garatuja feitos por quilombolas.

agrícola encarregava-se dos engenhos, da plantação da cana e da fabricação de açúcar e aguardente; além disso, como produtos complementares cultivavam mandioca para fazer farinha e fabricavam azeite.

Segundo podemos depreender de documentos da época (todos eles escritos pelos repressores, pois os quilombolas mantinham a tradição oral africana), havia obediência incondicional àquele que era escolhido como chefe pela comunidade. Assim foi com Ganga-Zumba e Zumbi, em Palmares, e assim foi também no quilombo do Ambrósio. Ao que nos parece, isso não decorreu de tradições africanas, como alguns autores sugerem, num paralelismo culturalista contestável, mas da necessidade objetiva, permanente, de defenderem a integridade territorial e social dos quilombos das permanentes ameaças das expedições constantemente enviadas contra eles.

Quilombos e resistência social

As afirmações acima levam-nos a uma série de considerações gerais sobre a função dos quilombos como nódulos de resistência permanente ao sistema escravista. Não podemos, por isso, deixar de salientar que, durante todo o transcurso de sua existência, eles foram não apenas uma força de desgaste, atuando nos flancos do sistema, mas, ao contrário, agiam em seu centro, isto é, atingindo em diversos níveis as forças produtivas do escravismo e, ao mesmo tempo, criando uma sociedade alternativa que, pelo seu exemplo, mostrava a possibilidade de uma organização formada de homens livres. Essa perspectiva que os quilombos apresentavam ao conjunto da sociedade da época era um "perigo" e criava as premissas para reflexão de grandes camadas da população oprimida.

Por isso mesmo o quilombo era refúgio de muitos elementos marginalizados pela sociedade escravista, independentemente de sua cor. Era o exemplo da democracia racial de que tanto se fala, mas nunca existiu no Brasil, fora das unidades quilombolas.

PALMARES: REPÚBLICA DE HOMENS LIVRES

> [...] cento e tantos
> anos se defenderam [...]
> *Caetano de Melo e Castro.*
> Carta ao Rei; *18 de*
> *fevereiro de 1694.*

Palmares foi a maior manifestação de rebeldia contra o escravismo na América Latina. Durou quase cem anos e, durante esse período, desestabilizou regionalmente o sistema escravocrata. Paradoxalmente, não temos nenhum documento escrito pelos palmarinos durante sua existência. Certamente seguiam, como nos outros quilombos, a tradição africana de comunicação oral. Como sabemos, na África, a tradição oral é praticamente responsável pela transmissão da memória coletiva e da consciência social. Evidentemente, não há como verificar até onde Palmares reproduziu, integral ou parcialmente, essa estrutura de comunicação oral africana no seu território, mas será interessante, no estudo de sua realidade social, levar em conta que, ao que tudo leva a crer, esse código de linguagem conservou-se pelo menos parcialmente. Isso porque – como hipótese – Palmares poderia ter um código escrito que se perdeu inteiramente, hipótese de comprovação remota ou impossível, mas que deve ser conservada como questão a ser ainda pesquisada.

De tudo isso surge uma dificuldade fundamental: a de se conseguir aquilo que poderíamos chamar de uma *visão interna* da República, através de documentação produzida pelos próprios palmarinos.

Como coroamento dessa dificuldade, há todo um passado da historiografia tradicional-conservadora, ideologicamente comprometida com os valores do colonizador. Esse filão historiográfico procura esconder ou minimizar a importância sociológica, histórica, política e humana que foi Palmares, apresentando tão importante fato histórico como um simples "valhacouto de bandidos e marginais".

Não podemos fazer aqui, como é óbvio, um levantamento sistemático da estrutura social de Palmares, nem sua história pormenorizada, mas vamos mostrar, em linhas gerais, como a comunidade funcionava.

Para fazermos um estudo sistemático, teríamos de analisar suas técnicas agrícolas e outros tipos de produção; o que se produzia, e, especialmente, *como* se produzia; a interação do núcleo dirigente com camadas, grupos e pessoas da sociedade abrangente (escravista); a interação dos palmarinos com os negros escravos dos engenhos, das fazendas, das vilas e dos povoados; a dinâmica interna da República em seus diversos níveis; a língua falada; a estrutura organizacional do núcleo do Poder dirigente; a forma fundamental de propriedade; a estratificação social interna; a organização familiar; as formas de dominação e de subordinação fundamentais e em que níveis isso se dava; a estrutura do grupo religioso; a existência ou não de feiticeiro, sacerdote ou outro representante do monopólio do *sagrado*; a organização militar e sua hierarquia interna; o nível de poder político desse grupo militar; a medicina mágica e as formas de cura; a cozinha e os hábitos alimentares; o sistema de distribuição de excedentes etc.

Uma tentativa de descrição inicial da economia de Palmares deverá começar por um inventário das terras – suas qualidades e suas limitações para a prática da agricultura de acordo com técnicas regionais –, dos recursos hidrográficos, da vegetação, da fauna regional e do grau de pluviosidade. Isso seria uma preliminar necessária para se ter uma ideia da base física da República.

Segundo a maioria dos modernos estudiosos que se detiveram em analisar Palmares, a República estava situada em uma das regiões mais férteis da capitania de Pernambuco, região atualmente pertencente ao Estado de Alagoas.

Terras férteis e inacessíveis

Para Édison Carneiro, a

> região era montanhosa e difícil – cômoros, colinas, montes, montanhas, rochedos a pique se estendiam a perder de vista [...].· Vinha desde o planalto de Garanhuns, no sertão de Pernambuco, atravessando várias ramificações dos sistemas orográficos central e oriental, até as serras dos Dois Irmãos e do Bananal, no município de Viçosa [Alagoas], compreendendo entre outras, as serras do Cafuchi, da Jussara, da Pesqueira, do Comonati e do Barriga – o 'Oiteiro da Barriga' –, onde se travou a maior parte dos combates pela destruição de Palmares.[1]

Como esses negros escravos chegaram a essa região, de um lado, fértil, e, de outro, de difícil acesso aos seus inimigos? Teriam feito uma escolha antecipadamente, ou para lá se refugiaram por saberem que, na floresta, estavam mais protegidos contra os seus captores? Não podemos responder. O certo é que para lá foram convergindo constantemente. Rocha

---

[1] Carneiro, Édison. *O quilombo dos Palmares*. São Paulo, Brasiliense, 1947, p. 28.

Pitta diz que foram quase quarenta negros de Guiné dos engenhos de Porto Calvo, no início, depois em bandos, e de forma constante, refugiando-se nas matas de Palmares, que iniciaram o quilombo.

Aproveitando-se da impenetrabilidade da floresta e também da fertilidade das terras, da abundância de madeiras e de caça, da facilidade de água e de meios de defesa, foram-se aglomerando, reunindo novos membros e aumentando consequentemente o número de foragidos. O crescimento demográfico do quilombo continua a partir desse núcleo básico de forma ininterrupta. Diversas situações favoráveis contribuíram para o aumento do reduto inicial. Uma delas foi a ocupação holandesa em Pernambuco. Esse fato desarticulou e desorganizou as estruturas da dominação portuguesa e das nativas, criando condições para que os escravos, aproveitando-se dessa situação, fugissem para as matas. Diz um historiador desse período:

> A guerra empreendida pelos holandeses no período de 1630-1635 desorganizou completamente a vida da Colônia. Todos os negros aproveitaram a oportunidade para fugir. Pela leitura dos documentos vê-se que parou quase completamente o trabalho dos engenhos. Uma relação dos engenhos existentes entre o rio das Jangadas e o Una, feita pelo conselheiro Schott, mostra-nos a verdadeira situação

> dessas propriedades, exatamente na zona mais rica
> da capitania, a zona sul. Eram canaviais queimados.
> casas-grandes abrasadas, os cobres jogados aos rios,
> açudes arrombados, os bois levados ou comidos,
> fugidos todos os negros. Só não haviam fugido os
> negros velhos e os molequinhos.[2]

Além das fugas sistemáticas desses escravos negros dos engenhos, havia, para aumentar sua população (fora o aumento demográfico vegetativo, decorrente dos nascimentos registrados no interior do quilombo), o ingresso no território palmarino, integrando-se nos valores da República, de índios "salteadores", fugitivos da Justiça de modo geral e elementos de todas as demais etnias ou camadas que se sentiam oprimidos pelo sistema escravista. Certamente havia também brancos e brancas, pois de outra forma não se explicaria a existência, em 1644, entre os aprisionados por Rodolfo Baro, de "alguns mulatos de menor idade".

Nos assaltos que eram feitos às populações, certamente os negros palmarinos raptavam não apenas negras, mas brancas também, pois era aguda a escassez de mulheres na República. Conjetura-se que Zumbi, entre suas mulheres, tinha uma que era

---

[2] Gonsalves de Mello Neto, Jose Antônio. *Tempo de flamengos*. Rio de Janeiro, Jose Olympio, 1947, p. 206-207.

branca. Devemos notar, a esse respeito, que o problema do equilíbrio da população palmarina segundo o sexo deve ter sido muito sério.

Na seleção que o sistema de importação de negros da África realizava para o suprimento de escravos no Brasil, a proporção de mulheres era bem menor do que a de homens, calculando-se três homens, ou mesmo mais, para cada mulher. Por conseguinte, para que se estabelecesse um equilíbrio sexual – e consequentemente social estável –, havia necessidade de se conseguirem mulheres fora da reprodução vegetativa da República.

Cresce o "perigo de portas adentro"

Montada nesse binômio (território-população) é que a sociedade civil de Palmares se estrutura e se dinamiza. Organiza-se criando um espaço humano e social dentro do seu espaço físico. Por diversas circunstâncias, as cidades – ou quilombos ou mocambos – da República começam a se formar de acordo com o processo de desenvolvimento e de diferenciação decorrente de uma maior e mais complexa divisão interna do trabalho. Surgem, consequentemente, as diversas divisões de funções das várias camadas e estratos que compunham os produtores. Havia quilombos (cidades) que tinham atividades sociais ou econômicas específicas.

Assim, segundo documento apresentado por Édison Carneiro e por nós agora aproveitado, era a seguinte a distribuição das principais cidades no espaço físico de Palmares: a dezesseis léguas de Porto Calvo ficava o quilombo de Zumbi; a cinco léguas mais ao norte, o mocambo de Acotirene; a leste destes, dois mocambos chamados das Tabocas; a catorze léguas a noroeste dos das Tabocas, o de Dambrabenga; a oito léguas mais ao norte, a "cerca" de Subupira; a seis léguas mais ao norte, "a cerca real do Macaco" (capital da República); a cinco léguas a oeste, o mocambo de Osenga; a nove léguas de Serinharen, para nordeste, a "cerca" de Amaro; a 25 léguas de Alagoas, para noroeste, o "palmar" de Andalaquituche, irmão de Zumbi; a 25 léguas a noroeste de Porto Calvo, o mocambo de Aqualtune, mãe do rei, afora outros, espalhados em seu território.[3]

Através do crescimento vegetativo e do rapto de mulheres, da adesão de escravos e escravas dos engenhos, da aliança com índios, brancos pobres e perseguidos e de membros de outras etnias discriminadas, Palmares chegou a ter entre 20 mil e 25 mil habitantes, população que, no nível de povoamento

---

[3] Entende-se por *légua* uma antiga medida portuguesa, correspondente a aproximadamente 6 quilômetros. Ainda é muito usada no interior do Brasil, especialmente no Nordeste.

da época e da região, era desafiadora para o sistema escravista. Transformou-se Palmares no mais sério obstáculo ao desenvolvimento e à estabilização do escravismo na região, que era, àquela época, a mais importante para o desenvolvimento desse tipo de economia. A partir disso, podemos aquilatar a preocupação que Palmares representava para as autoridades da Metrópole.

Língua e composição étnica de Palmares

Como se articulava, do ponto de vista linguístico, a população de Palmares? Décio Freitas diz que a língua era "basicamente o português, misturado com formas africanas de linguagem". Pensamento idêntico tem Édison Carneiro. De fato, embora em expedições contra Palmares haja referências à presença de "línguas" (intérpretes) para traduzirem o falar palmarino, todos os elementos indicam, pelo menos numa primeira aproximação com o assunto, que o português foi a estrutura linguística que absorveu grande quantidade de termos do vocabulário africano e é por essa segunda particularidade que iremos explicar a necessidade de "línguas" nas expedições.

Tem-se como quase certo que a maioria esmagadora dos negros habitantes de Palmares era de origem banto. A professora Yeda Pessoa de Castro, em trabalho especializado de etnolinguística, mostra a precedência da importação banto em relação aos negros de outras áreas da África.

Em face disso, na época da formação de Palmares, a importação de negros para a lavoura escravista naquela área – especialmente na área de Palmares – era basicamente banto.

O gráfico seguinte confirma a realidade desse argumento:

Atividade principal	Séculos de importação maciça			
	XVI	XVII	XVIII	XIX
Agropecuária	B	B/J	B/J	
Mineração			B/J	
Agricultura	B	B/J	B/J/N	N/H
Serviços urbanos				N/J/H/B

Grupos: B = Banto; J = Jeje / Mina; N = Nagô /Iorubá; H = Hauçá.
Fonte: Castro, Yeda Pessoa de. *A presença cultural negro-africana no Brasil*: mito e realidade. Salvador, Ceao, 1981.

A mesma autora escreve que

> no que concerne à influência dos povos de língua banto, ela foi mais extensa e penetrante por ser também mais antiga no Brasil. Isto se revela pelo número de empréstimos léxicos de base banto que são correntes no português do Brasil – uma média de 71% – e pelo número de derivados portugueses formados de uma mesma raiz banto, inclusive os

de conotação especificamente religiosa, sem que o falante brasileiro tenha consciência de que essas palavras são de origem banto. Exemplos: cacunda/corcunda, caçula, fubá, angu, jiló, bunda, quiabo, dendê, dengo etc.

Em outro trabalho, *Os falares africanos na interação do Brasil Colônia,* Yeda Pessoa de Castro afirma que

> os empréstimos léxicos africanos no português do Brasil, associados ao regime da escravatura, são em geral étimos bantos (quilombo, senzala, mucama, por exemplo); depois Zumbi, Ganga-Zumba, nomes dos líderes de Palmares, são títulos tradicionalmente atribuídos a chefes locais no domínio banto. Sobre outro plano, os folguedos tradicionais brasileiros que portam nomes denunciando influência banto, tais como *quilombos, congos, moçambiques,* são atestados em diferentes zonas rurais do Brasil.

Finalmente, em sua comunicação ao II Encontro Nacional de Linguística, a autora afirma que

> nessas [as senzalas], onde se misturavam africanos de diferentes procedências étnicas a um contingente de indígenas, a fim de evitar rebeliões que pusessem seriamente em perigo a vida dos seus proprietários, numericamente inferiorizados e estabelecidos em áreas interioranas isoladas, a necessidade de comunicação entre povos linguisticamente diferentes

deve ter provocado a emergência de uma espécie
de língua franca, que chamaremos de *dialeto das
senzalas.*

Como vemos, há evidências de que os bantos, por serem o grupo étnico preponderante em Palmares (evidências históricas, sociológicas e etnolinguísticas), influenciaram decisivamente na língua falada em Palmares, criando aquilo que poderíamos, pelas mesmas razões etnolinguísticas e sociológicas apresentadas pela professora Yeda Pessoa de Castro, denominar de *dialeto dos quilombos,* o código de linguagem fundamental através do qual eles se comunicavam. Ou então: no caso particular que analisamos, por que não poderíamos chamar essa linguagem de *dialeto de Palmares?*

A proposta ainda mais se justifica se aduzirmos às razões de Yeda Castro as ponderações de Décio Freitas, que afirma sobre o assunto:

> Necessitavam [os quilombolas] de uma linguagem comum. Assim foi como se elaborou a linguagem palmarina: um sincretismo linguístico, em que os elementos africanos tiveram um ascendente decisivo, mas que importava, por igual, elementos do português e do tupi. "Falavam uma língua toda sua, às vezes parecendo da Guiné ou de Angola, outras vezes parecendo o português

e tupi, mas não é nenhuma dessas e sim outra língua nova", reparou o governador Francisco de Brito Freire.

Os brancos não entendiam essa linguagem sem auxílio de intérpretes. Todos os emissários enviados pelas autoridades coloniais a Palmares para concertar tréguas ou pazes, faziam-se invariavelmente acompanhar de "línguas". As conversações entre o governador de Pernambuco e uma embaixada palmarina, no ano de 1678, no Recife, realizaram-se através de "línguas".[4]

A hipótese de um *dialeto de Palmares* é questão aberta para os etnolinguistas e demais cientistas sociais resolverem.

Economia de abundância

A economia do sistema latifundiário-escravista existia à base de produzir para a exportação ao mercado internacional daqueles produtos que interessavam a esse mercado no momento. Na época da República de Palmares era a produção do açúcar. Todo o trabalho dos escravos se voltava para produzir esse artigo que entrava na circulação do mercado colonial.

---

[4] Freitas, Décio. *Palmares:* a guerra dos escravos. 5. ed. Porto Alegre, Mercado Aberto, 1984, p. 41-42.

No entanto, nada ou quase nada dessa produção ficava na Colônia, quer em sobras significativas, quer em riqueza retida internamente, ou em forma de retorno monetário compensador da venda da produção escoada. Daí a penúria dos habitantes da Colônia. Mesmo os senhores de engenhos e de escravos viviam endividados, pagando juros extorsivos aos vendedores negreiros, intermediários nesse negócio, ou comprando novas terras para a renovação e ampliação dos canaviais. A agroindústria do açúcar também era onerada por taxas e impostos cobrados pelas autoridades coloniais. Em consequência de tudo isso, o povo passava fome, tinha um nível de vida baixíssimo, embora a Colônia tivesse conseguido, naquele tempo, uma renda *per capita* como nunca conseguimos até hoje.

Na economia de Palmares os mecanismos eram diversos e chocavam-se com os da economia escravista. Vamos sumariar, aqui, o *que* se produzia e, depois, *como* se produzia na República.

Achamos que no sistema produtivo de Palmares há uma dinâmica constante, começando com uma fase recoletora, fase que, aliás, não desaparecerá nunca, mas permanecerá como forma subsidiária e complementar durante toda a evolução de sua economia. Caça e pesca, fundamentalmente. São recolhidos pelos palmarinos, além de frutas, vegetais medicinais, óleo de palmeira, frutos como jaca, manga, laranja, fruta-pão, coco, abacate, laranja-cravo, cajá, jenipapo e outras, nativas, que serviam para sua alimentação. Além disso, a caça era facilitada pela abundância de animais na região: diversas espécies de onças, anta, raposa, veados, pacas, cutias, caetetus, coelhos, preás, tatus, tamanduás, quatis e de inúmeros outros animais, que davam base a uma alimentação abundante, capaz de suprir a população, pelo menos em seu início.

Quanto à *maneira* como se produzia, podemos dizer que era um sistema de trabalho que se chocava com o latifundiário-escravista, do tipo *plantation*, que existia na Colônia.

> Esta forma de cultura da terra – escreve Duvitiliano Ramos –, introduzida nos quilombos, ganha consciência definitiva e afirma-se como característica social em confronto com a relação geral anotada por Blaer. Arruamento, duas fileiras de casas, cisternas, um largo para exercícios, a casa-grande do Conselho, as portas do mocambo, paliçadas e fortificações. E isto porque entre os seus habitantes havia 'toda sorte de artífices'.[5]

---

[5] Ramos, Duvitiliano. "A posse útil da terra entre os quilombolas". *Estudos Sociais,* Rio de Janeiro, dez. 1958, n. 3-4.

Continua o mesmo autor:

> Disso se deduz que os quilombolas, ao repudiar o sistema latifundiário dos sesmeiros, adotam a forma do uso útil de pequenos tratos, roçados, base econômica da família livre; que o excedente da produção era dado ao Estado, como contribuição para a riqueza social e defesa do sistema; que a solidariedade e a cooperação eram praticadas desde o início dos quilombos; que deve remontar aos princípios do século XVII; que a sociedade livre era dirigida pelos usos e costumes; que não existiam vadios nem exploradores nos quilombos, mas, sim, uma ativa fiscalização como sói acontecer nas sociedades que se formam no meio de lutas, contra formas ultrapassadas de relações de produção; que, em 1697, já existiam nascidos e crescidos, habituados àquele sistema, nos quilombos, três gerações de brasileiros natos, somando provavelmente a população de dezesseis aldeamentos mais de vinte mil indivíduos.[6]

Economia de confronto

Era, como se pode ver, um confronto permanente com o sistema escravista e um exemplo de como o trabalho cooperativo e comunitário era superior àquele que existia onde predominavam os meios de

---

[6] *Ibidem.*

coerção extraeconômicos mais degradantes, como acontece nas sociedades escravistas.

Além de um setor extrator-recoletor, devemos destacar outro, o artesanal, em que eram produzidos cestos, pilões, tecidos grossos, potes de argila e vasilhas de modo geral, para diversos usos. Esse setor artesanal era provavelmente aquele que produzia grande parte do material bélico usado: facas, arcos, flechas, lanças e instrumentos venatórios, como armadilhas. Havia, ainda, a fabricação de instrumentos musicais, cachimbos de barro (para fumarem maconha), além de outros objetos para uso cotidiano da comunidade.

Com o aumento progressivo da população de Palmares, sua diversificação maior em vários segmentos que a compunham, essa economia simples foi paulatinamente substituída pela agricultura intensiva mas diversificada, ficando apenas como atividade complementar seu setor recoletor e mesmo artesanal.

Usando técnicas de plantio, regadio e colheita trazidas da África, bem como uma longa experiência agrícola, os palmarinos transformaram-se em agricultores. Posteriormente, veremos como essa mudança no sistema de produção irá alterar os outros níveis organizacionais da República. O certo é que, a partir de determinado momento, Palmares passou a ter uma economia fundamentalmente agrícola, criando excedentes para redistribuição interna e externa da República. Curioso notar que os palmarinos descartaram a economia pastoril, apesar das ótimas pastagens que possuíam e da possibilidade de aquisição do gado nas redondezas, ao contrário do quilombo do Ambrósio, em Minas Gerais, onde o pastoreio era um dos ramos mais importantes da economia.

A base desse trabalho agrícola era a policultura, produzida intensivamente. Plantavam principalmente o milho, que era colhido duas vezes por ano. Depois da colheita, descansavam duas semanas.

Plantavam, ainda, feijão, mandioca, batata-doce, banana (pacova) e cana-de-açúcar. Isso constituía a produção fundamental da agricultura palmarina, sendo o excedente dessa produção distribuído entre os membros da comunidade para as épocas de festas religiosas ou de lazer, armazenado em paióis para os períodos de guerra, ou trocado com os pequenos produtores vizinhos, por artigos de que a comunidade necessitava, mas não produzia, o que levava a um confronto permanente entre a economia de Palmares e a economia do latifúndio escravista.

Um conjunto de quilombos transforma-se em República

Esses mocambos, que ocupavam um território extenso, terminam transformando-se em uma confederação de quilombos e, em decorrência, em uma república.

Analisemos, portanto, como eram as relações de produção que caracterizaram a República de Palmares, surgida dessa confederação de quilombos. Décio Freitas diz que

> não há elementos seguros sobre o regime de propriedade da terra entre os palmarinos. Cabe conjeturar que as terras pertenciam à povoação como um todo. A plausibilidade da hipótese provém, em primeiro lugar, do fato de que os negros traziam da África uma tradição de propriedade coletiva da terra. Em segundo lugar, uma vez que o esgotamento do solo por razões de segurança determinavam periodicamente a mudança de toda a povoação para outro sítio, não teria sentido a propriedade privada da terra com todos os seus atributos, como compra e venda, sucessão etc.[7]

A dupla verificação, por um lado, de que Palmares se transformou em uma sociedade agrícola

---

[7] Freitas, Décio. *Palmares:* a guerra dos escravos. Porto Alegre, Movimento, 1973, p. 44.

abrangente, extensiva à grande maioria de seus mocambos e, por outro, de que a produção era distribuída comunitariamente, leva-nos a outro nível de análise e reflexão.

Quais as modificações estruturais significativas no interior da República, ao passar de simples ajuntamento seminômade, de um punhado de ex-escravos, para uma República com território fixado pela necessidade de produção estável, capaz de alimentar a comunidade? Além da formação de um tipo de Estado e de governo, como veremos depois, foi necessária a formação de um dispositivo militar que resguardasse dos ataques externos a produção coletiva, a vida e a segurança de seus habitantes.

Palmares militariza-se

Para acudir à segurança de um número tão considerável de habitantes num território tão grande, os quilombolas necessitavam desenvolver uma estrutura e uma tática militares, organizar um exército para tal, estabelecer um sistema defensivo que assegurasse o sossego dos seus moradores. O exército aumentou consideravelmente. Iniciaram-se instruções militares e a construção de fortificações, paliçadas, fossos com estrepes, tudo isso visando à sua defesa. Esse exército era comandado pelo Ganga Muiça. Suas armas eram constituídas de arcos, flechas, lanças, facas produzidas pelo setor artesanal da República e de armas de fogo, tomadas das expedições punitivas, dos moradores vizinhos ou compradas daqueles grupos ou indivíduos com os quais os palmarinos mantinham relações de escambo.

Em face disso, evolui o segmento militar. Passa a adquirir funções mais importantes nas áreas de domínio e de prestígio políticos. Daí o aparecimento de uma espécie de casta militar. A guerra de movimento, sustentada por outros quilombos menores, não pôde mais ser continuada em Palmares. As guerrilhas foram transformadas em operações de envergadura e, depois de realizadas as operações militares, tinham um local fixo para voltar. O nomadismo palmarino era somente possível numa economia recoletora. O aparecimento de uma economia agrícola regular determinou, por seu turno, uma reformulação em todo o sistema de defesa da República.

À medida que as atividades agrícolas se desenvolviam, iam sendo transformadas as táticas e técnicas militares palmarinas, objetivando a defesa do patrimônio coletivo. É por tudo isso que essa fração (ou segmento militar) adestrada para defender o patrimônio comum, é que irá se revoltar contra a capitulação de Ganga-Zumba.

Devemos destacar um fato interessante: o aparelhamento militar de Palmares não foi estruturado para defender um tipo de propriedade privada, mas, ao contrário, para defender as vidas e a propriedade da República em seu conjunto. Daí ter havido a insurreição através de Zumbi e de outros componentes mais jovens do segmento militar, contra a capitulação de Ganga-Zumba, capitulação que significaria, em última instância, a destruição de toda a estrutura comunitária. Nesse particular, o general Zumbi, ao se insurgir contra a ação capitulacionista de Ganga-Zumba e de seus seguidores, estava representando os interesses e o consenso de toda a comunidade, ameaçada de voltar ao *status* anterior de escravos.

Direito e costumes na República de Palmares

Esse tipo de economia e organização social e militar levará também a que não se corporifique um Direito de propriedade definido e estratificado em códigos. Os crimes que eram punidos severamente, através de um tipo de Direito Consuetudinário (costume) eram o adultério, o homicídio e o roubo individual. Mesmo porque, ao que tudo indica, não havia o roubo social, isto é, a desapropriação de bens da coletividade. Como toda propriedade era coletiva, o roubo individual era punido como se fosse uma lesão ao patrimônio de todos. Daí o seu rigor.

Por outro lado, os chefes dos mocambos eram inteiramente autônomos em seu espaço, subordinando-se ao rei apenas em assuntos de maior relevância, como a paz e a guerra. Na divisão dos poderes, havia mocambos como o de Subupira, que era o quartel--general da República e ali faziam-se os exercícios militares para a sua segurança. A pena de morte era aplicada nos crimes de traição, como aconteceu com Ganga-Zumba. Quando Zumbi resolveu arriscar a última cartada numa batalha decisiva na capital da República, ao ter contra si alguns chefes militares, mandou passá-los pelas armas.

Na parte de administração pública, podemos ver, no cimo da pirâmide de poder, o rei que exercia poderes ilimitados. Em seguida, vinha o conselho, com representação dos chefes dos diversos quilombos (cidades), os quais, por outro lado, conforme já dissemos, eram autônomos nos seus respectivos redutos. A escolha do rei era eletiva, votada pelo conselho.

O problema de estratificação social interna devia ser muito complexo e seu dinamismo pouco esclarecido ainda. No caso da mobilidade vertical ela poderia ser medida pela passagem de um membro de um estrato para outro, com novo *status* de prestígio (militar, religioso, governamental etc.), ou de escravos que foram trazidos compulsoriamente dos engenhos para Palmares e que, depois de trazerem outros para o quilombo, se integraram como homens livres na comunidade.

No caso da mobilidade horizontal, esse dinamismo pode ser mensurado pela passagem de um membro de um quilombo para outro (como, por exemplo, jovens que se deslocavam de seus quilombos para o de Subupira, a fim de receberem instrução militar), ou de Palmares para fora de suas fronteiras, através da fuga.

Quanto aos jovens, não temos nenhuma informação de qualquer ritual de passagem ou cerimônia iniciática capaz de incorporá-los à vida adulta da comunidade. Não descartamos, contudo, a possibilidade de sua existência. O problema da mulher, e, em consequência, o problema do casamento e da família em Palmares merecem ser analisados mais detalhadamente.

Poliandria e poligamia

Palmares reproduzia, dentro de suas fronteiras, a desproporção de sexos existente na população escrava. Isso porque os senhores de escravos preferiam comprar homens jovens a mulheres. Por esse motivo, os traficantes selecionavam essa mercadoria humana de acordo com as preferências dos fazendeiros. Calcula-se que, para cada mulher, havia três ou mais homens (variando de área), fato que irá se refletir na composição por sexos da população palmarina. Por isso, se os palmarinos mantivessem, em suas fronteiras, o casamento monogâmico que os senhores impunham em suas fazendas, haveria um desequilíbrio na vida familiar tão agudo que a desarticulação social seria inevitável. Para resolver esse impasse de importância fundamental, os palmarinos resolveram instituir dois tipos fundamentais de organização familiar. Um seria a poligamia e outro, a poliandria.

No primeiro caso, ele seria praticado pelos membros da estrutura de poder. Isto é, a capa dominante, o rei e possivelmente os chefes dos mocambos, teriam direito a várias mulheres. Um documento da época dizia que "o apetite é a regra da sua eleição". O que não era verdade. Se isso acontecesse haveria conflitos internos muito grandes. O rei Ganga-Zumba tinha três mulheres, duas negras e uma mulata, e Zumbi teve mais de uma, havendo a hipótese de que uma delas era branca. A instituição da poligamia nessa capa dominante é incontestável.

Mas, em contrapartida, havia a família poliândrica. Era a que funcionava majoritariamente no conjunto da comunidade que não tinha níveis de poder decisório nos assuntos mais importantes. A poligamia em todos os povos onde ela existiu sempre foi privilégio, isto é, mesmo sendo um direito para todos, somente aqueles que tinham condições materiais para usá-lo o exerciam.

Em Palmares, no entanto, isso surgiu em consequência das circunstâncias que o seus habitantes não podiam controlar: a desproporção gritante entre os sexos. Daí a poliandria ter se estabelecido na República. Com esses dois tipos de organização familiar, estabeleceram-se mecanismos de equilíbrio para a funcionalidade, sem antagonismos ou conflitos, no *grupo família*. Os estratos políticos e militares que mantinham a direção da sociedade, especialmente o rei, tinham uma família polígama, ao contrário dos outros segmentos e grupos, onde a poliandria era a norma dominante.

Décio Freitas, ao abordar o problema, escreve que,

> para preservar a coesão social, instituiu-se o casamento poliândrico. As referências a esse tipo de casamento são inúmeras, mas as mais minuciosas são as de um documento de 1677.

Sucede que um certo Manuel Inojosa – o patroní-
mico aparece também grafado como Jojosa – lau-
reado exterminador de índios e de negros, grande
proprietário de terras e de escravos, aspirava apai-
xonadamente a glória de destruir Palmares. Nesse
intuito, apresentou à Coroa vários planos. Para
colher informações, infiltrou um dos seus escravos
em Palmares, em troca de promessa de alforria. O
negro viveu entre os palmarinos pelo espaço de
seis meses, para, afinal, fugir e transmitir ao amo
o quanto vira em Palmares. Manuel de Inojosa
mandou fazer um "papel" sobre o relato do negro e o
enviou ao rei de Portugal. Não se conhece a íntegra
desse documento, mas apenas o resumo constante
de uma 'consulta' do Conselho Ultramarino. Aqui
o trecho que alude à poliandria:

[...] *"que cada negro que chega ao mocambo fugido de
seus senhores logo é ouvido pelo conselho de justiça
que tem que saber de suas tensões porque são gran-
demente desconfiados, nem se fiam só do fato de ser
negro que se apresente; que tanto se certificam das
boas intenções do negro que chega lhe dão mulher
a qual possuem junto com outros negros, dois, três,
quatro e cinco negros, pois sendo poucas as mulheres adotam esse estilo para evitar contendas; que
todos os maridos da mesma mulher habitam com
ela o mesmo mocambo, todos em paz e harmonia,
em arremedo de família, mas próprio dos bárbaros
sem as luzes do entendimento e a vergonha que a
religião impõe; que todos esses maridos se reconhe-*

cem obedientes à mulher que tudo ordena na vida como no trabalho; que cada uma dessas chamadas famílias os maiorais, em conselho, dão uma data de terra para que a cultivem e isso o fazem a mulher e os seus maridos [...] que à guerra acodem todos nos momentos de maior precisão, sem exceção das mulheres que nessas ocasiões mais parecem feras que pessoas do seu sexo".

Décio Freitas conclui por isto que a

família constituía, pois, a unidade social fundamental. O parentesco se estabelecia por linha materna. O mocambo, como um todo, constituía a unidade habitacional e política.[8]

Teria havido um matriarcado em Palmares? Décio Freitas acha que não. Mas Joaquim Ribeiro exagera os traços de matriarcado existentes entre os negros brasileiros para referir-se a um matriarcado africano, partindo da afirmação de que o quilombo não era uma expressão de luta contra a escravidão. Para ele,

o quilombo (e esta é a sua verdadeira significação histórica) é uma reação contra a cultura dos brancos, contra os seus usos e costumes; é a restauração da velha tribo afro-negra nas pla-

---

[8] Freitas, Décio. *Palmares:* a guerra dos escravos. 5. ed. Porto Alegre, Mercado Aberto, 1984, p. 38-39.

gas americanas; é a ressurreição do organismo político tribal; é o retorno, sobretudo, ao seu fetichismo bárbaro [*sic*].[9]

Daí a poliandria de Palmares e os seus vestígios no Nordeste serem frutos dessa *regressão cultural*. Para ele, a

> *poliandria* da escrava negra é uma sobrevivência do matriarcado originário. E foi esse resíduo matriarcalista que favoreceu, através das relações sexuais entre brancos e negras, a atenuação da luta entre o senhor e o escravo.[10]

Essas interpretações fantasiosas, baseadas na *cultur história* como ele denomina seu método, poderá provar tudo porque não prova nada. Tanto a poligamia como a poliandria em Palmares tem sua origem na dinâmica social da comunidade, em sua composição por sexo e nas soluções estruturais que seus habitantes encontraram para conseguir seu equilíbrio sexual e social.

O que não podemos aceitar é reduzir a dinâmica social à simples regressão cultural, o que não faz sentido.

---

[9] Ribeiro, Joaquim. *Capítulos inéditos da História do Brasil*. Rio de Janeiro, Organização Simões, 1954, p. 126-127.

[10] *Ibidem*, p. 102.

Religião sem casta sacerdotal

Para a maioria dos estudiosos de Palmares a religião aí existente era formada por um sincretismo no qual entram o catolicismo popular e as crenças africanas, principalmente bantos. Acrescentamos, agora, a influência de religiões indígenas, que tão bem se fundiram às religiões bantos, dando, inclusive, na Bahia, o "candomblé de caboclo".

Para Rocha Pitta, os palmarinos eram "cristãos cismáticos" e explicava por que isso, no seu entender, era verdadeiro:

> De católicos não conservavam já outros sinais que o da Santíssima Cruz, e algumas orações mal repetidas, e mescladas com outras palavras e cerimônias por eles inventadas, ou introduzidas das superstições da sua Nação; com que, se não eram idólatras, por conservarem a sombra de cristãos, eram cismáticos, porque a falta de Sacramentos e de Ministros da Igreja, que eles não buscavam, pela sua rebelião, e pela liberdade dos costumes, em que viviam, repugnantes aos preceitos da nossa Religião Católica, os excluía do consórcio, grêmio e número de fiéis.[11]

Édison Carneiro, no primeiro trabalho de revisão histórica da República de Palmares, afirma que

---

[11] Rocha Pitta, Sebastião da. *História da América portuguesa*. Salvador, Progresso, 1950, p. 296-297.

> os negros [de Palmares] tinham uma religião mais ou menos semelhante à católica, o que se explica pela pobreza mítica dos povos bantos a que pertenciam e pelo trabalho de aculturação no novo *habitat* americano. No mocambo do Macaco, possuíam uma capela, onde os portugueses encontraram três imagens, uma do Menino Jesus, 'muito perfeita', outra da Senhora da Conceição, outra de São Brás [...]. Os palmarinos escolhiam um dos seus 'ladinos' para lhes servir de sacerdote, especialmente para as cerimônias do batismo e do casamento, mas provavelmente também para pedir o favor celeste para as suas armas [...]. Não era permitida a existência de feiticeiros no quilombo.[12]

Carneiro refere-se, ainda, a uma dança que, segundo Barléus, era praticada em conjunto e se prolongava até a meia-noite, batendo-se com os pés no chão "com tanto estrépito que se podia ouvir de muito longe".[13]

Parece-nos que essa "dança" devia ser alguma cerimônia derivada das religiões africanas e indígenas, pois tudo leva a crer que era uma manifestação coletiva do mundo religioso além dos negros, também de elementos de outras etnias que compunham a República, como índios e brancos. Parece-nos que Édison

---

[12] Carneiro, Édison. *O quilombo dos Palmares, op. cit.*, p. 42-43.
[13] *Ibidem.*

Carneiro subestimou um pouco esse elemento na análise que fez das práticas religiosas de Palmares. Até hoje, segundo informação que conseguimos em Maceió, a população de União dos Palmares acredita ouvir, de vez em quando, esses batuques de negros, no cimo da serra da Barriga.

Quanto à interpretação de Décio Freitas sobre o tipo de religião que era praticado em Palmares, vejamos como ele se expressa:

> A religiosidade palmarina combinava fragmentos de crenças africanas e do cristianismo dos brancos. Não apenas na serra da Barriga, mas, depois, nas demais povoações palmarinas, as imagens das divindades africanas partilhavam altares com as de Jesus, Nossa Senhora da Conceição e São Brás. Se bem que os documentos aludem seguidamente a sacerdotes palmarinos, nada dizem sobre a sua importância política e social. Não há indicações de que formassem uma casta poderosa ou sequer influente. De resto, as rebeliões negras oferecem a singularidade de não assumirem nunca um cariz profético ou messiânico, ao contrário do que sucedeu sempre nas rebeliões dos livres pobres.[14]

Achamos, por tudo isso, que a execução do sagrado era praticamente comunitária. Não havia

---

[14] Freitas, Décio. *Palmares...*, 5. ed., *op. cit.*, p. 42-43.

um sacerdócio com rituais iniciáticos, uma *carreira* com diversos níveis hierárquicos, que garantisse ao iniciado o monopólio do sagrado. Ao contrário. Para Édison Carneiro, os feiticeiros eram proibidos de agir em Palmares. Assim, a prática religiosa era executada mais por pessoas escolhidas ocasionalmente, os "ladinos mais expertos", segundo ele, que não se identificavam com o sagrado através de ritos de iniciação. O eventual prestígio adquirido durante o culto desaparecia depois de sua realização. O que se pode deduzir é que os atos religiosos em Palmares eram uma comunhão coletiva com o sobrenatural.

Epílogo de sangue

Essa estrutura de economia igualitária e comunitária não podia continuar existindo no contexto do escravismo latifundiário da Colônia. Contra ela uniram-se a Igreja, os senhores de engenho, os bandeirantes, as estruturas do poder colonial, as tropas mercenárias, criminosos com promessa de liberdade e, finalmente, toda a estrutura escravista que não desejava a continuidade de Palmares, bem como setores cooptados através de promessas, para destruírem essa República.

O que a levou a ser condenada e extinta foi sua estrutura comunitária, que se chocava com o sistema baseado no escravismo. Aqui, parece-nos, é que está a chave do problema: Palmares foi a negação, pelo exemplo de seu dinamismo econômico, político e social, da estrutura escravista-colonialista. O seu exemplo era um desafio permanente e um incentivo às lutas contra o sistema colonial em seu conjunto. Daí Palmares ter sido considerado um valhacouto de bandidos e não uma nação em formação. A sua destruição, o massacre da serra da Barriga, quando os mercenários de Domingos Jorge Velho não perdoaram nem velhos nem crianças, o aprisionamento e a eliminação de seus habitantes e, finalmente, a tentativa de apagar-se da consciência histórica do povo esse feito heroico foram decorrência de sua grande importância social, política e cultural.

Sua destruição foi, por isso mesmo, festejada com as pompas de uma guerra vitoriosa. O governador Melo e Castro comunicava ao Reino o feito, dizendo que

> a notícia da gloriosa restauração dos Palmares, cuja feliz vitória, se não avalia por menos que a expulsão dos holandeses, e, assim foi festejada por todos os povos com seis dias de luminárias, sem que nada disso se lhes ordenassem.[15]

---

[15] Documento transcrito por Ernesto Ennes. *In*: _____. *As guerras dos Palmares*. São Paulo, Nacional, 1938, t. 1, p. 106.

Dessa forma, quando Ganga-Zumba procurou um acordo com as estruturas de poder opressoras do colonialismo, entrando em acordo com representantes do quilombo, em 1678, a comunidade palmarina teve reservas de dinamismo interno para reagir e colocar-se contra tal atitude e reestruturar social, política, ideológica e militarmente a luta.

Zumbi, por isso mesmo, não apareceu por acaso. Foi a síntese da capacidade de organização, de mobilização e de resistência da República, o seu herói-símbolo, porque sintetizou, na sua biografia, a biografia de seu povo, pelo qual deu a vida.[16]

Assim, até hoje, os moradores de União dos Palmares *ouvem* (através da acústica do passado mítico), nas noites silenciosas, a dança dos negros que a partir de 1630 ocuparam a serra da Barriga. E, atualmente, ainda cantam, naquela região, o *Auto dos quilombos:*

> Folga Negro
> Branco não vem cá
> Se vier pau há de levar...
> Folga Negro
> Branco não vem cá
> Se vier
> O diabo há de levar!

---

[16] Ver, a esse respeito: Santos, Joel Rufino dos. *Zumbi.* São Paulo, Moderna, 1985.

REPÚBLICA DE PALMARES
Esquema das cidades (mocambos) de Palmares
e sua capital

CIDADES	MACACO (Capital)	Mocambo de Zumbi
		Mocambo de Acotirene
		Mocambo das Tabocas I
		Mocambo das Tabocas II
		Mocambo de Dambrabamba
		Cerca (fortaleza) de Subupira
		Mocambo de Osenga
		Cerca (fortaleza) de Amaro
		Palmar (cidade agrícola) de Andalaquituche
		Mocambo de Aqualtune (mãe do rei)
Além de outros de "menor conta e menor gente"		

Fonte: Carneiro, Édison. *O quilombo de Palmares..., op. cit..* Duvitiliano de Carvalho fala em "dezesseis cidades", mas não indica a fonte.

ARTICULAÇÃO INTERNACIONAL DA QUILOMBAGEM

O historiador estadunidense Herbert Aptheker no seu livro *American Negro slave revolts*, afirma que um dos sentimentos dominantes entre os senhores durante a escravidão é o medo. Isto é, as classes dominantes, os senhores de escravos, vivem em permanente sobressalto, esperando a qualquer momento, a revolta dos escravos. Aptheker exemplifica, detalhadamente, esse temor das classes escravistas dos Estados Unidos em várias áreas como Nova York, Tennessee, Virgínia, Carolina do Norte, Carolina do Sul, Geórgia, Louisiana e Texas. Esse temor se refletirá, inclusive, no conteúdo de diversos livros eruditos. As estruturas militares também sofrem desse estado de medo permanente.

Será que no Brasil não houve, também, essa *síndrome do medo,* entre aqueles que constituíam a classe senhorial?

Uma das constantes que encontramos, inclusive em documentação abundante, entre a Metrópole e as autoridades da Colônia, é o medo de que os escravos entrassem em contato com os que se sublevaram em outras nações. Os nossos pensadores históricos, no particular, não fogem à regra.

Em 1798, uma carta régia ordenará vigilância com o navio *Le Diligent* o qual, segundo ela, sob a alegação de procurar nos mares do Sul o explorador La Pérouse, tinha como objetivo introduzir no Brasil "o espírito de liberdade que reinava na França". Segundo Octávio Tarquínio de Souza,

> na Bahia em 1798 [havia] muita gente interessada no desenvolvimento da política europeia e a exemplo do Rio de Janeiro, gente das mais diversas condições sociais [...]. Mais nada prova que os 'abomináveis princípios franceses' haviam conquistado terreno mais vasto do que sua infiltração em homens do povo, inclusive escravos. A repressão ao gorado movimento baiano de 1798 foi quase que especificamente ao delito de francesia.[1]

Nesse particular, os autos da devassa da Inconfidência Baiana são ricos em pormenores. No interrogatório de Luís da França Pires (pardo escravo), ele afirma que recebeu

---

[1] Tarquínio de Souza, Octávio. O meio intelectual na época da Independência. *Literatura,* Rio de Janeiro, I (1), 1946.

um recado de parte de Manuel Faustino dos Santos Lira, dizendo-lhe que queria falar com o mesmo Manuel Faustino, o qual recado recebera no Unhão donde logo viera ter com o dito Manuel Faustino que lhe fez a pergunta seguinte – se ele declarante estimava a liberdade a ser forro? – e dizendo-lhe que sim – lhe tornou o mesmo Manuel Faustino, – Que estava projetando um levantamento nesta cidade, o qual se executava daí a um ou dois meses, a fim de serem libertos todos os pretos e pardos e viverem em uma igualdade tal que não haveria distinção de seres, e assim viveriam todos contentes; e devia ele declarante ter uma espada para nesse dia defender o partido do levante; e que a causa da escravidão em que viviam os pretos e pardos, nesta cidade nascia da Igreja, de quem se deviam queixar; e que o grande Bonaparte não tardaria aqui quatro meses a defender com grande armada o partido da liberdade.[2]

Como vemos, os ideais de igualdade da Revolução Francesa chegaram até os escravos brasileiros. Daí, também, o rigor das sentenças contra os seus principais implicados, todos elementos da plebe, muitos deles escravos. O conteúdo francamente abolicionista, a influência das ideias liberais da França

---

[2] Autos da devassa do levantamento e sedição intentados na Bahia. Bahia, *Imprensa Oficial*, 1959, 2 v., v. XXXV (1), p. 71.

pós-revolução, são sempre colocados nos documentos apreendidos e nas declarações de seus líderes. Isso explica, por outro lado, a grande participação de pardos e escravos no movimento. João Nascimento era pardo; Manuel Faustino dos Santos, pardo livre; Inácio da Silva Pimentel, pardo livre; Luís Gama da França Pires, pardo escravo; Vicente Mina, negro escravo; Inácio dos Santos, pardo escravo; José, escravo de D. Maria Francisca da Conceição; Cosme Damião, pardo escravo; José do Sacramento, pardo alfaiate; José Félix, pardo escravo; Filipe e Luís, escravos de Manuel Vilela de Carvalho; Joaquim Machado Pessanha, pardo livre; Luís Leal, pardo escravo; Inácio, Manuel, José e João Pires, pardos escravos; José de Freitas Sacoto, pardo livre; José Roberto de Santa-Ana, pardo livre; Vicente, escravo; Fortunato da Veiga Sampaio, pardo forro; Domingos Pedro Ribeiro pardo; o preto jeje Vicente, escravo; Gonçalo Gonçalves de Oliveira, pardo forro; José Francisco de Paulo, pardo livre; Félix Martins dos Santos, pardo, tambor-mor do Regimento Auxiliar.

Os principais implicados na liderança do movimento tiveram sentenças rigorosíssimas. Luís Gonzaga das Virgens foi condenado a morrer na forca e ter pés e mãos decepados e expostos em praça pública; João de Deus do Nascimento, Lucas Dantas, Manuel

Faustino dos Santos Lira foram sentenciados à forca e ao esquartejamento, ficando seus corpos expostos em lugares públicos. Igual sentença foi proferida contra Romão Pinheiro, com a agravante de serem os seus descendentes considerados infames (posteriormente a sua pena foi atenuada para degredo). O escravo Cosme Damião foi banido para a África. O pardo escravo Luís da França Pires, que conseguiu fugir, foi condenado à morte, dando a Justiça direito a qualquer pessoa que o encontrasse de matá-lo.

Finalmente, no dia 8 de novembro de 1799 foram executados na praça da Piedade. Lucas Dantas e Manuel Faustino não aceitaram a extrema-unção que um padre franciscano lhes oferecera. Foram os quatro executados, depois de ter saído o cortejo do Aljube, onde se encontravam, até a praça da Piedade.

Terminava, assim, em sangue e derrota, a primeira tentativa de escravos, pardos forros e oprimidos de modo geral que se apoiaram no ideário da Revolução Francesa para conseguirem a liberdade.

Ah! O perigo de São Domingos!

As grandes sublevações dos escravos haitianos, na parte francesa da ilha de São Domingos – das quais resultou a independência do Haiti e o extermínio de toda a população branca ali residente – repercutiram internacionalmente de modo especial naqueles países ou regiões onde havia escravidão negra. O temor de que o rastilho da revolta se propagasse por outros países ou colônias colocou em pânico as autoridades das metrópoles que ainda mantinham a escravidão em suas colônias. "As cenas de São Domingos", como se referiam ao fato, determinaram uma série de medidas acauteladoras por parte dessas autoridades. A correspondência sobre o assunto é abundante. E no Brasil, em particular, o medo se desenvolveu à medida que avançavam as lutas dos escravos aqui.

Varnhagen, por exemplo, faz uma ligação entre as ideias "incendiárias" que alimentaram a Inconfidência Baiana de 1798 e o movimento dos escravos do Haiti. Diz ele:

> Como se não fosse bastante escarmento tudo quanto em França acabava de suceder, ao som desse grito, não faltaram na Bahia espíritos exaltados que de novo o invocaram; – esquecendo-se de que, quando em uma província com tanta escravatura, a sua generosidade lograsse triunfo, libertando a todos os escravos, como prometiam, depressa como se viu no Haiti, seriam vítimas destes, desenfreados e em muitíssimo maior número.[3]

---

[3] Varnhagen, Francisco Adolfo de. *História geral do Brasil*. 5. ed. São Paulo, Melhoramentos, 1956, t. 5, p. 24.

Em 1817, no Recife, ao referir-se a situação de inquietação dos escravos pernambucanos o comodoro inglês Bowles dizia que ela poderia "resultar na expulsão de todos os brancos deste Continente e no estabelecimento de uma segunda São Domingos nos territórios brasileiros".[4]

Haveria, porém, motivos concretos para esses temores por parte das autoridades e dos senhores de escravos?

Parece que sim, ou melhor, a resposta é afirmativa. Ainda no Recife, em 1824, há uma revolta de mulatos e de escravos dos engenhos. Seu líder é Emiliano Mandurucu, que lançou aos pardos e ao povo em geral um manifesto em versos onde reconhece a inspiração haitiana de seu movimento:

> Qual eu imito Cristóvão
> Esse imortal haitiano,
> Eia! Imitar o seu povo
> O meu povo soberano.

Aqui cabe uma reflexão sobre o manifesto. Será que o autor, ao referir-se a Cristóvão como *imortal,* já sabia da sua morte? Porque o rei Cristóvão, do Haiti, suicidara-se em 1820, no Palácio de Sans-Souci, em

---

[4]   Motta, Carlos Guilherme. *Nordeste 1817.* São Paulo, Perspectiva, 1972, p. 43.

Milot, construído no cimo de uma montanha. Essa *imortalidade* de Cristóvão em 1824, quatro anos depois de sua morte, não significará de um lado, a informação dessa morte e, de outro, a sua transcendência através da convicção de sua imortalidade? É um problema de difícil resposta.

Imediatamente após esse levante, o major Agostinho Bezerra enviou, a fim de dar combate aos escravos sublevados, um batalhão que frustrou pelas armas os intentos de Emiliano Mandurucu e seus adeptos. Os versos pertencem hoje aos folclores da região.

Ainda na revolução de 1817, em Pernambuco, o fantasma de São Domingos é levantado. Luís do Rego Barreto escrevia para a Metrópole, dizendo:

> Não foram todos os negros, nem todos os Mulatos os que tomaram o partido dos rebeldes e se uniram a eles, porém, dos homens destas cores, aqueles que abraçaram a causa dos rebeldes, a abraçaram de um modo excessivo, e insultante, e fizeram lembrar as cenas de São Domingos. Os homens mais abjetos dessa classe, os mesmos, mendigos, insultaram seus antigos benfeitores, seus senhores, ou senhoras, e se prometiam com todo despojo de uma senhora como acontecimento infalível.[5]

---

[5]   *Apud* Freyre, Gilberto. *Nordeste.* Rio de Janeiro, José Olympio, 1937, p. 243.

Por outro lado, havia o cuidado de se preservarem os movimentos liberais de qualquer semelhança do que acontecera no Haiti. Falando da Sabinada, na Bahia, ocorrida em 1837, um defensor de Sabino Vieira afirma, por isso, que ele era um republicano convicto, para diferenciá-lo dos monarquistas, pois, para ele

> Na pequena República do Haiti, tentaram mas não vingou o sistema de governo monárquico, apesar dos Barões de Limonada, Visconde de Marmelada, e etc. que tanta hilariedade provocou nas cortes europeias.[6]

Era a profilaxia dos liberais escravistas contra qualquer contaminação com o movimento e a independência do Haiti. A ressonância desse movimento encontra-se em manifestações de insubmissão da plebe. O historiador José Octávio escreve que o motim de Pedroso, de 1823, foi "vagamente inspirado nas rebeliões negras do Haiti".[7]

No entanto, houve uma conexão mais próxima entre os líderes da revolução haitiana e os escravos

---

[6] Praguer, Henrique. A Sabinada; episódio histórico da província da Bahia. *Revista do Inst. Geográfico e Histórico da Bahia*, n. 47, p. 49 e ss.

[7] Octávio, José. *Violência e repressão no Nordeste*. Edição do Governo da Paraíba, 1985, p. 28-29.

brasileiros. O processo revolucionário haitiano inicia-se em 1791 (embora antes houvesse vários atos de rebeldia) e é concluído em 1804, quando Jacques Dessalines, africano da Guiné e ex-escravo, proclama definitivamente a independência daquela parte da ilha. Um ano depois (1805), segundo Luiz R. B. Mott

> O Ouvidor do Crime mandara arrancar dos peitos de alguns cabras e crioulos forros o *retrato de Dessalines,* Imperador dos Negros da Ilha de São Domingos. E o que é mais notável era que estes mesmos negros estavam empregados nas tropas da Milícia do Rio de Janeiro, onde manobravam habilmente a artilharia.[8]

Não se pode negar, portanto, a existência de uma conexão entre os negros revolucionários do Haiti e os escravos e os crioulos forros do Brasil. Mott coloca algumas questões, analisando o documento:

> Onde teriam sido feitos os tais 'retratos'? No próprio Haiti ou no Brasil? Se na própria ilha de São Domingos, quem os teria trazido para a América do Sul? De que material seriam tais 'retratos': pintura a óleo sobre metal, ou escultura em concha bicolor à maneira de camafeu?[9]

---

[8] *Apud* Mott, Luiz R. B. Brancos, pardos e pretos em Sergipe; 1825-1830. *Anais de História,* ano 6, 1974.

[9] *Idem.* A revolução dos negros do Haiti e o Brasil. *Mensário do Arquivo Nacional,* n. 145, jan./ fev. 1982.

É para se refletir sobre o assunto, porque à época em que o fato foi registrado a impressão de qualquer gravura era quase impossível no Brasil, pois as pouquíssimas tipografias existentes viviam sob severa vigilância. A revolução do Haiti era, portanto, conhecida e admirada pelos escravos negros. De acordo com o mesmo autor, em Itapoã, na Bahia

> há uma sublevação de escravos empregados nas pescarias. Depois de sufocada a revolta, com um saldo de 13 brancos e 56 negros assassinados, os comerciantes baianos escreveram ao Governo Central, denunciando que os negros falavam abertamente de suas revoltas, comentando os acontecimentos do Haiti. Chegavam ao ponto de dizer que em São João não haveria sequer um branco ou mulato vivos.[10]

Conexão em Sergipe

Em Sergipe, podemos notar que *o movimento de São Domingos* teve uma ressonância maior. Ainda segundo Luiz Mott,

> a primeira contestação surgiu na vila das Laranjeiras, principal centro comercial de Sergipe, onde havia a maior colônia lusitana desta província. A vila amanhece certo dia, 26 de junho de 1824, cheia de pasquins – pequeninos pedaços de papel gruda-

---

[10] *Ibidem.*

dos com cera de abelhas nas portas dos locais mais destacados – com os seguintes dizeres:
"VIVAM MULATOS E NEGROS
MORRAM OS MAROTOS E CAIADOS".
Este outro pasquim – enviado ao Governador das Armas de Sergipe –, descreve com cores vivas os acontecimentos que culminaram na divulgação dos referidos pasquins.
"Senhor governador das Armas.
ALERTA. Uma pequena faísca faz um grande incêndio. O incêndio já foi lavrado. No jantar que deram nas Laranjeiras, os 'Mata Caiados' se fizeram três saúdes: primeira à extinção de tudo quanto é do Reino, a quem chamam de 'marotos'; a segunda a tudo quanto é branco no Brasil, a quem chamam de 'caiporas'; a terceira à igualdade de sangue e direitos. Que tal alegria é bem alerta.
Um menino R... irmão de outro bom menino, fez muitos elogios ao Rei do Haiti e porque o não entendiam, falou mais claro: São Domingos, o Grande São Domingos. Não houve manobra. Vossa Exa. tome cuidado. Os homens de bem confiam em V. Exa. Só querem religião, Trono e Sistema de Governo jurado no dia 6 de julho. Philoordinio."[11]

O medo de uma sublevação igual à do Haiti tomava corpo entre os senhores de escravos e seus seguidores sergipanos. Em 1828, um anônimo que

---

[11] *Apud* Mott, Luiz R. B. *Brancos, pardos..., op. cit.*

se assina "Um cidadão", escreve ao jornal *Soldado da Tarimba*, acusando Antônio Pereira Rebouças de sedicioso e organizador de um movimento igual ao que acontecera no Haiti. Diz ele no documento:

> Sobremaneira maravilhado, que o rábula A. P. Rebouças, outrora Secretário do Governo da Província de Sergipe, perseguidor de todos os seus honrados habitantes, com especialidade dos que pela pureza, riqueza, representação civil, ou militar, ofuscavam seu caráter invejoso, turbulento, e inimigo de quanto é boa ordem; e onde fora acusado pela voz pública de ser cabeça da revolta dos negros forros e cativos, a qual tinha por objeto o massacre geral dos brancos, e a instituição do horroroso sistema da Ilha de São Domingos; sendo como tal pronunciado na Devassa a que ali se procedeu por semelhante motivo, cuja pronúncia foi sustentada nesta Relação por quatro dos mais inteligentes Ministros; tendo sido (cousa espantosa!!!) absolvido por falta de prova por outros quatro, em cujo número assinou vencido o Juiz Relator, cujo voto é sempre o de mais peso e consideração em qualquer processo; sobremaneira, digo, maravilhoso que um tal indivíduo bem longe de procurar por uma nova linha de conduta fazer esquecer a torpeza do passado, prevalecendo-se do ofício de rábula, insulta em nome das partes as autoridades constituídas por meio de façanhosos requerimentos e (assinando-se Catão) o chefe da guerrilha demagógica do Direito Constitucional

veículo por onde há muitos anos se deprimem e caluniam aqueles perante o povo, tática favorita de todas as épocas e nações.[12]

Não satisfeito em denunciar Rebouças como adepto do regime de São Domingos e anarquista, o denunciante mandou tirar certidão de testemunhas de acusação contra o rábula baiano. Para pedir tal documento teve de identificar-se: Gervásio Batista. No depoimento do processo movido contra Rebouças, uma das testemunhas, o alferes José Sulério de Sá Júnior, depois de acusar vários membros da família Fuão, entre eles um

> 'Fuão de tal, crioulo, casado e morador na povoação de Rosário, e Alvares, comandante da Companhia dos Henriques, de ter convocado pelos engenhos e fazendas a pretos cativos para pelo Natal do corrente ano se levantarem contra seus soldados', termina dizendo que a causa de 'toda essa revolução é o Secretário do Governo da Província, o pardo Antônio Pereira Rebouças que dá todo o auxílio para ela'.[13]

De igual conteúdo é o depoimento de outra testemunha de acusação, o capitão-mor José da Trindade Pimentel, branco, morador em seu Engenho

---

[12] Senhor redator do *Soldado da Tarimba*. Panfleto publicado na Tipografia da Viúva Serva e Filhos em 1828.

[13] *Ibidem.*

Bandeira, que reiterou as acusações contra vários membros da família Fuão, entre eles o comandante da Companhia dos Henriques, que "convocou a pretos cativos e forros, para se levantarem contra seus senhores e os matarem". Depois de descrever as "falas" do "pardo Fuão", conclui que:

> sabe mais por ser público que o Secretário do Excelentíssimo Governo da Província. Antônio Pereira Rebouças é motor de toda a revolução da Província, dando todo auxílio para ela e apaziguando em sua casa a todos os revolucionários e que este já na povoação de Laranjeiras saíra em mangas de camisa, gritando em vozes altas, morram os brancos e queixadas brancas e vivam os pardos e pretos e o sistema de São Domingos.[14]

Outra testemunha, o capitão Francisco Vieira de Melo, também afirma que Rebouças era o chefe do movimento, pois "lhe dá todo auxílio e apaziguando-os na sua casa e fazendo que eles triunfem".[15]

Na mesma linha de acusação, a testemunha coronel Sebastião Gaspar de Almeida Botto, depois de insistir sobre a responsabilidade do crioulo Fuão, que "tratava de convocar a pretos e cativos e forros para pelo Natal do corrente ano se levantarem e matarem

---

[14] *Ibidem.*
[15] *Ibidem*

tudo quanto fosse branco, e aclamarem a República" declara, igualmente, que o

> agente desta sedição é o Secretário do governo, digo, o Secretário do excelentíssimo governo da Província Antônio Pereira Rebouças e sabe mais que ele testemunha, por ser público, que este Secretário na Povoação de Laranjeiras gritar em altas vozes, morram os brancos e os queixadas brancas, vivam os pardos e o sistema de São Domingos.[16]

O coronel Antônio Luís de Araújo Maciel, depois das habituais acusações ao crioulo Fuão, afirma que ele foi à povoação de Rosário e lá andou com muitos vivas ao Secretário do Governo, e ao bom sistema dele, cujo sistema foi ir o mesmo Secretário à povoação das Laranjeiras e andar lá gritando "viva os pardos, e pretos, do sistema da Ilha de São Domingos e morram os brancos e, desde então, por causa dele é que há na Província revolução".[17]

Esse movimento de intelectuais, de pardos, de elementos do corpo dos Henriques, de forros e de negros escravos, tinha como objetivo, ou pelo menos propunham os seus líderes, instalar um governo, em Sergipe, igual àquele que os negros instalaram no Haiti. O movimento em Sergipe aconteceu em

---

[16] *Ibidem.*
[17] *Ibidem*

1824, tendo o processo contra Rebouças terminado em 1825.

No entanto, ao que parece, a ressonância da revolução do Haiti e sua conexão com os escravos, camadas, segmentos e grupos oprimidos no Brasil não se esgotou nesse episódio de Sergipe.

Tanto isso é verdade que, em 1831, seis anos depois, portanto, daquilo que poderemos chamar de "o episódio sergipano", o Desembargador Encarregado da Polícia da Corte do Rio de Janeiro, Pedro Antônio Pereira Barreto enviava elucidativo ofício ao ministro da Justiça sobre essa conexão. Diz o policial daquele ministério ter recebido ofício daí proveniente relativo aos pretos da ilha de São Domingos que desembarcaram no Rio de Janeiro com missão política. Diz o documento:

> Relativo aos pretos da Ilha de São Domingos que aqui existem, informo que ordenei ao comandante da Polícia a sua apreensão. Conseguiu-se prender Pedro Valentim, que residia na hospedaria das Três Bandeiras. Tenho continuado na diligência de apreender o outro, que consta que é clérigo e fui informado que foi visto ontem na rua dos Tanoeiros, em meio de muitos pretos, não sendo porém encontrado quando foi mandado prender.[18]

---

[18]   *Apud* Mott, Luiz R. B. *Brancos, pardos...*, *op. cit.*

Como vemos, houve, de um lado, o medo da classe escravista, senhorial, diante da revolução haitiana, isto é, a *síndrome do medo*, mas, por outro lado, não se pode mais negar a existência de uma conexão ideológica (embora imprecisa) e de contatos diretos entre os escravos rebeldes brasileiros e os militantes daquela revolução.

União dos quilombolas com os *marrons* das Guianas

Nesse contexto de uma conexão entre os quilombolas brasileiros com grupos ou com pessoas de outros países, isto é, a conexão internacional da quilombagem, devemos destacar, pela sua importância e pela sua pouca divulgação, a que houve entre os negros rebeldes da região amazônica com os negros da Guiana Francesa e da então Guiana Holandesa, especialmente com os da primeira.

O perigo dos *marrons* das Guianas era uma expectativa permanente das autoridades. Em carta de José Venâncio de Seixas para D. Rodrigo de Sousa Coutinho, datada de 20 de outubro de 1798, diz ele:

> Há alguns anos se tem ido formando acima da vila de Cachoeira um quilombo de negros fugidos e ultimamente se forma outro ainda mais perigoso a 5 ou 6 léguas de distância d'esta cidade. A de-

serção dos escravos tem sido ainda agora mais do que nunca excessiva e V. Excia. não ignora o que tem feito os negros marrões nas colônias francesas e holandesas. O mesmo se pode recear vindo os Quilombos a crescer se não forem destruídos antes que tomem consciência.[19]

A constatação do perigo desse contato entre os negros revoltados do Brasil e os das Guianas é destacado em diversos documentos. Tavares Bastos, analisando não apenas esse perigo da união dos escravos rebeldes do Brasil com pessoas e/ou grupos de países nos quais a escravidão não mais existia, afirmou:

> As províncias do Amazonas, Pará, Mato Grosso, Rio Grande do Sul, Santa Catarina e Paraná, limitadas pelos países circunvizinhos (Guiana Francesa, Inglesa e Holandesa e Venezuela, Nova Granada, Peru, Bolívia, Paraguai, República Argentina e Uruguai) em nenhum dos quais se permite a escravidão, são, justamente, por isso, perigos permanentes para a tranquilidade interna e para a defesa do Estado. Na última guerra com o governo de Montevidéo, e na atual com o Paraguai, os chefes das forças inimigas traziam sempre a missão de sublevar os escravos do Rio Grande; e ninguém ignora que este recurso, posto que bárbaro, se fosse eficaz, causar-nos-ia grandes desastres. A escravidão nas províncias

---

[19] *Apud* Salles, Vicente. *O Negro no Pará*. FGV/UFPA, 1971, p. 205.

fronteiras é pois, na realidade, gravíssimo elemento de fraqueza militar.

Além disso, em tempo de paz, a fuga de escravos para os territórios vizinhos, e outros fatos promovem conflitos e amarguram algumas de nossas questões internacionais. Ainda há pouco noticia-se do Norte a fuga de escravos do alto Amazonas para o território do Peru, e uma considerável evasão de outros do Pará para a Guiana Francesa.[20]

Como podemos ver, havia uma preocupação constante por parte dos senhores de escravos, do governo e dos políticos brasileiros sobre as zonas fronteiriças, onde os escravos poderiam ficar e usar as fronteiras taticamente para fugir do território nacional. Tais fatos criavam problemas diplomáticos com os países vizinhos. Ainda Tavares Bastos escreve que

> as discussões que provocam a extinção de escravos evadidos da fronteira do Rio Grande do Sul, as questões têm originado, a série de reclamações do governo oriental contra o brasileiro, renovadas ainda recentemente em 1864, as dificuldades de se cumprirem tratados de extradição, o constrangimento que a sua execução produz e os abusos dos rio-grandenses que nas suas estâncias do Estado

---

[20] Tavares Bastos. *A província*. 2. ed. São Paulo, Nacional , 1937, p. 243-244.

Oriental querem conservar a escravidão ainda que dissimulada sob a forma de contratos de engajamento com prazos enormes (10, 15 e vinte anos); tudo isto conspira para abolir a escravidão na grande Província fronteira do Sul.[21]

Esse perigo, "gravíssimo elemento de fraqueza militar", segundo Tavares Bastos, irá refletir-se mais agudamente na região amazonense. Os escravos fugidos daquela área se deslocarão para a Guiana Francesa, preferencialmente, onde conseguirão asilo. Há, aí, uma conexão muito mais dinâmica do que naquelas áreas fronteiriças de que fala esse autor.

Os escravos brasileiros não ignoravam as medidas que haviam sido tomadas na França, após a Revolução Francesa, inclusive abolindo a escravidão, medida que seria revogada em relação às suas colônias. Como diz Vicente Salles – quem melhor estudou o assunto:

Os negros do Pará não ignoraram os sucessivos períodos da história da escravidão nos domínios franceses da Guiana, mas somente após a Cabanagem, quando se refaz o regime da escravidão que a revolução popular havia desorganizado, procuraram fugir mais frequentemente naquela direção. Antes só o faziam em casos extremos, pois lá seriam

---

[21] *Ibidem.*

melhor tratados do que aqui. Sabendo agora da inexistência da escravidão naquela colônia, o Amapá começou a exercer forte atração para os negros das senzalas paraenses.[22]

Um jornal da época, *O Velho Brado Amazonense* – citado por Vicente Salles – registra o fato da seguinte maneira:

De há pouco tempo a esta parte que em todas as conjunções de lua se notava em Macapá o desenvolvimento de escravatura em grupos de cinco, dez e até doze indivíduos; porque semelhante deserção crescesse, despertaram a curiosidade e o interesse dos respectivos senhores para descobrirem o modo por que tais fugas se praticavam, e o destino que tomavam os fugitivos; e feitas todas as pesquisas a respeito descobriu-se que os escravos se evadiam costa abaixo, para irem demandar o Mapá, e daí buscarem guarida em terras de Caiena.[23]

O número dos negros que fugiam para se livrarem do trabalho escravo era cada vez maior. Com isso, porém, não se conformaram os seus senhores, que começaram a pedir providências contra o fato. Não obstante, esses quilombos e essas fugas não foram suficientemente combatidos pelos represen-

---

[22] Salles, Vicente. *O negro no Pará, op. cit.*, p. 208.
[23] *Apud* Salles, Vicente. *O negro no Pará, op. cit.*, p. 223.

tantes do poder, "talvez receosos de uma ação direta trazer problemas diplomáticos".[24]

No entanto, os proprietários de escravos daquela cidade não se conformaram com essa posição do governo e reuniram a Câmara Local, Câmara do Conselho e delegados, mais pessoas importantes interessadas no assunto. Deliberou-se, então, que

> para atalhar o mal, convinha sem demora postar, na embocadura do Macapá uma barca guarnecida de força armada, que obstasse ali o ingresso de escravos brasileiros enquanto se dava parte à presidência, e esta dava as providências convenientes como lhe cumpria e porque não havia dinheiros públicos para sustentar o destacamento, contribuíram os cidadãos presentes; aprestou-se e partiu a força para o seu destino, e participou-se o acontecimento o Exmo. Presidente da Província.[25]

Os senhores de escravos haviam inclusive se antecipado às medidas governamentais para impedir a fuga dos escravos. O governador respondeu que não reprovava a medida, mas sim a forma como fora feita e designou um destacamento de soldados e uma barca para substituir aqueles que haviam sido enviados antes.

---

[24] *Ibidem.*
[25] *Ibidem.*

Mas, nem com essas medidas as fugas terminaram. Ao contrário. A França jogava com um trunfo importantíssimo: dar guarida aos escravos fugidos, como pretexto, para criar na fronteira uma área litigiosa que pudesse justificar uma possível expansão territorial francesa.

As autoridades de Caiena instruíam os mocambeiros, enviando, inclusive, emissários para convencê-los do que deviam fazer.

Finalmente, em 1885, apenas poucos anos antes de a Abolição ser decretada no Brasil, deu-se o episódio conhecido como o da *República do Cunani*.

Utopia de quilombolas e marginalizados

Os quilombolas, juntamente com elementos marginalizados, fugitivos da Justiça ou bandoleiros que se encontravam refugiados, resolveram proclamar a *República do Cunani*. Seu território estendia-se do Oiapoque ao Araguari, tinha cerca de 600 habitantes e nasceu de um núcleo de escravos fugidos. Outros foragidos da Justiça, ao saberem de sua criação, engrossaram ainda mais sua população. Convém notar, como informação complementar, que muitos de seus líderes haviam participado da Cabanagem. Aliás, seus ex-participantes (referimo-nos a seu componente plebeu), tiveram atuação muito dinâmica e permanente em movimentos assimétricos (banditismo político) na região amazônica, durante muito tempo.

Apesar de ter sido formada, de um lado, pela necessidade que os escravos fugidos, marginais e camponeses perseguidos sentiam de se agruparem em um núcleo de resistência social, dando um sentido organizacional a essa necessidade, mas, de outro, em consequência dos interesses das autoridades da Guiana Francesa, o certo é que a *República do Cunani* foi uma utopia libertária que nasceu das condições concretas em que os quilombolas e demais segmentos marginalizados se encontravam naquela região.

Unidos aos *regatões* (pequenos comerciantes itinerantes que percorriam o interior do Amazonas), com eles fazendo negócios, chegaram a aclamar, como seu presidente, o novelista francês Jules Gros, que residia em Paris e que, na própria capital francesa, escolheu seu ministério.

Logo depois, porém, foi assinada lei pelo presidente da Província, Domingos Antônio Rayol, ordenando sua destruição, o que foi conseguido depois de sucessivas expedições.

Quilombolas, colonos e mascates

Na última fase da escravidão, vários fatos significativos se verificam no Brasil, no sentido de substituir-se a mão de obra cativa pelo trabalhador assalariado. Um deles foi a política deliberada de se trazer o europeu, apresentado por toda uma política protecionista como superior ao negro. O número de imigrantes que somente São Paulo absorveu em suas fazendas de café e demais formas de atividades comerciais e/ou industriais, de 1827 a 1899, eleva-se a 940.684. Esses imigrantes foram injetados no mercado de trabalho. Número bem maior do que o total de escravos beneficiados com a chamada Lei Áurea, em 1888.

A chegada dessa mão de obra livre e a existência de uma grande escravaria em São Paulo, em áreas onde os quilombos sempre existiram como ameaça, especialmente Campinas, Itu, Limeira, São Carlos, conforme já vimos, criaram mecanismos de defesa da classe senhorial, pois a aliança desses dois segmentos explorados – imigrantes e escravos – seria fatal ao sistema, segundo pensavam.

O medo era uma constante entre os possuidores de escravos. Daí haver uma vigilância muito grande para não permitir essa união e mesmo o estímulo à animosidade entre colonos estrangeiros e escravos.

As autoridades estavam vigilantes. Em 1865, escrevia o delegado de polícia de Campinas ao presidente da Província uma carta na qual dizia:

A escravatura deste município é copiosa, as fazendas estão amontoadas todas, umas nas vizinhanças das outras e em um pequeno número de fazendas assim reunidas, pode-se levantar, com facilidade, uma força de 2 mil escravos, o que é bastante para assolar população quase sem meios de defesa. Pondero a V. Exa., que nesta cidade, há muita gente de classe baixa que se liga com a escravatura, dizendo-lhes coisas que podem ser fatais, por exemplo, que a Inglaterra e o Paraguai protegem os escravos e que os paraguaios nos declararam guerra para libertá-los da escravidão. Entre os indivíduos que assim procedem figuram principalmente alguns portugueses, vendeiros e carcamanos italianos que percorrem as ruas desta cidade e mesmo as fazendas com vários objetos de lata às costas. Acredito que essa gente baixa, senhores de vendas, assim procedem não por desejo de uma insurreição mas por quererem ganhar-lhes a simpatia a fim de mais barato comprar os seus roubos. Como quer que seja, os efeitos são os mesmos. Tenho preso um italiano por ter sido encontrado no meio de vários escravos discorrendo sobre os motivos da guerra e sobre a liberdade da escravatura, estou processando-o por isso.[26]

---

[26] *Apud* Costa, Emilia Viotti da. *Da senzala à Colônia*. São Paulo, Difusão Europeia do Livro, 1966, p. 303.

Esse exemplo de italiano preso ou discriminado e perseguido por ajudar e pregar a libertação dos escravos não é, porém, isolado:

> Durante a campanha da Abolição – escreve José Artur Reis – os mascates italianos foram agentes ativíssimos na libertação dos escravos. Sabemos que essa profissão, hoje quase toda monopólio dos sírio-libaneses, era um dos primeiros degraus galgados pelos italianos que não desejavam submeter-se ao regime das fazendas, nem tinham capitais suficientes para se estabelecerem nas cidades. Nessa qualidade penetravam os mais longínquos recantos do país, principalmente no interior do Estado de São Paulo, estabelecendo relações de intimidade com seus fregueses, cuja vida conheciam nas menores minúcias. Os italianos, conta-nos Eduardo Prado, 'sempre foram partidários entusiastas da Abolição. Era o pequeno mercador ambulante, o mascate italiano que atravessava a plantação, punha-se em contato com os negros, anunciando-lhes a hora próxima da libertação; contava-lhes os esforços de amigos desconhecidos que trabalhavam pela causa dos escravos. Às vezes aconselhava a estes que deixassem as plantações, mas afastava-os de toda ideia de crime e violência contra os seus senhores'.[27]

---

[27] Reis, José Artur. *Aspectos políticos da assimilação do italiano no Brasil*. São Paulo, Ed. da Escola de Sociologia e Política, 1959, p. 24.

No entanto, nem tudo era tão conciliador como afirma o autor citado. Em 1884, o coronel Francisco Félix da Rocha Martins, o capitão Antônio Henrique da Fonseca e um italiano de nome Nicolau Chioffi foram intimados a deixar Jacareí por grupos armados, por terem aconselhado os escravos a matarem seus senhores. Em Limeira, foi preso Filipe Santiago, que se encontrava nas matas próximas para "mal aconselhar os escravos contra os seus senhores" e, em 1887, os senhores de escravos campineiros queixavam-se de indivíduos que incitavam os cativos a fugirem.

É nesse clima que o senador Vergueiro inicia sua experiência, querendo alternar o trabalho assalariado com escravo. Mas, o sistema de parceria de Vergueiro era incompatível em sua essência, porque não podia equiparar o trabalhador assalariado ao escravo, pois, numa sociedade escravista, para se estabelecer a taxa média de lucro, o trabalho chamado livre teria de ser remunerado no mesmo nível monetário gasto pelo senhor com o escravo, por igual serviço. Isso, em vez de elevar o trabalho do escravo ao nível do trabalhador livre, ao contrário, rebaixava o deste último ao nível de uma semiescravidão.

Daí uma série de contradições entre colonos suíços e a administração da fazenda, contradições que culminaram com a organização, por parte do professor contratado para ser o mestre-escola da colônia, Thomas Davatz, de uma revolta contra as condições a que estavam submetidos.

Como não é nosso propósito neste trabalho contar a história dessa revolta de colonos, vamos analisar a forma através da qual a classe senhorial via a possibilidade, ou melhor, "o perigo" da união entre esses colonos explorados e em estado de revolta e os escravos da região.[28]

Colonos: aliados dos comunistas e dos quilombolas

É nessa sociedade dividida por questões estruturais de interesses antagônicos entre senhores e escravos, com uma população cativa habituada a fugir do controle da classe senhorial, que o senador Vergueiro tenta a instalação dessa experiência de trabalho de parceria. As professoras Jeanne Berrance de Castro e Julita Maria Leonor Scarano informam que

> a campanha abolicionista, o medo do 'haitianismo', as fugas organizadas e a ativa propaganda agravara a situação dos proprietários. As sucessivas levas de imigrantes para a Província paulista possibilitou

---

[28] Sobre essa colônia e a revolta, ver Davatz, Thomas. *Memórias de um colono no Brasil*. 2. ed. São Paulo, Martins, 1951. Ver também a longa introdução de Sérgio Buarque de Holanda.

que fosse contornada a crise econômica que iria atingir algumas áreas do país.[29]

Nesse contexto, duas alternativas apavoravam os senhores de escravos: "o fantasma do comunismo" que assolava a Europa e a junção dos colonos oprimidos com os quilombolas. A documentação dessa particularidade é interessante. Em carta de José Vergueiro, apresentando ao conselheiro Nabuco de Araújo a exposição de seu pai, Senador Vergueiro, dirigida ao vice-presidente da Província, sobre as ocorrências em Ibicaba, lê-se que os colonos

> declaram que contam com o apoio firme da escravatura, que se unirá a eles apenas dado o grito da liberdade, e que além disso, chamarão a si porção de nacionais descontentes oferecendo a esses os mais altos empregos dessa República que imaginam [...]. Tomarão para centro de operações a nossa colônia, como oferecendo mais garantias de forças, recomendando a todas as mais não darem a conhecer suas intenções a fim de não serem de pronto suplantados, e poderem obrar no momento decisivo [...]. Observo mais a V. Exa. que o distrito de Campinas dista poucas léguas, e nelas o número

---

[29] Castro, Jeanne Berrance Scarano; Julita Maria Leonor. *A mão de obra escrava e estrangeira numa região de economia cafeeira*. Rio Claro. Faculdade de Ciências e Letras de Rio Claro, 1971. Mimeo.

de escravos excede a vinte mil e estes por várias vezes já tentaram um movimento qualquer.

Depois de enumerar as providências que achava fossem necessárias para preservar a ordem pública, solicitava o envio, em segredo, de um batalhão de linha com a "brevidade possível". Conclui dizendo que, "com isto evitará muitas desgraças e ganhará sumo crédito".[30]

O próprio senador Vergueiro, autor da experiência de Ibicaba, não fica atrás do que fora dito anteriormente pelo seu filho. Diz que Davatz, através de clubes secretos

> procurando fervorosamente persuadir os princípios comunistas, talvez inspirados por Oswald e ativando sua correspondência com todas as colônias para uni-las todas à execução do seu pensamento [...]. Os planos que se tem podido colher dos ditos do mestre-escola e dos seus aderentes é estrondoso e impossível de levar a efeito, mas a tentativa pode produzir grandes males. Dizem que podem reunir todos os suíços, todos os colonos alemães e grande parte dos escravos cuja sorte é pior do que a deles e também alguns brasileiros descontentes, esperando pôr em armas 5 mil combatentes com que podem

---

[30] Documentos inéditos, transcritos por Davatz, Thomas. *Memórias..., op. cit.*

> senhoriar-se desta província e que depois republicanizarão o Brasil.[31]

Evidentemente, há muito exagero no perigo de *haitianização* do movimento dos colonos suíços em Ibicaba, como na possibilidade de sua união com os quilombolas. O que não se pode negar é o pavor da classe senhorial ao pressentir qualquer movimento que significasse mudança social na estrutura da sociedade escravista. Convém notar que o *Manifesto comunista* de Marx e Engels foi publicado em 1848 e, já em 1857, os responsáveis pela experiência de Ibicaba referiam-se ao "fantasma do comunismo" e à possibilidade desse perigo unir-se às lutas dos quilombolas no Brasil.

Aliás, esse paralelo continuará. Quando da votação da Lei do Ventre Livre, em 1871, o gabinete Rio Branco era acusado de "governo comunista, governo do morticínio e do roubo". Segundo Rui Barbosa, certo deputado dissera que o gabinete Rio Branco havia desfraldado as velas por um "oceano onde voga também o navio pirata denominado 'A Internacional'".

Outras conexões internacionais podemos levantar e/ou conjeturar, mas isso exige pesquisas a serem feitas no particular.

---

[31] *Ibidem.*

Marinheiros americanos embarcam quilombolas

Sobre a conexão de quilombolas brasileiros com civis estadunidenses, temos referências do contato havido entre eles e membros ou tripulantes de navios dos Estados Unidos, em Santa Catarina. Esses tripulantes recolhiam os quilombolas para os navios, a fim de darem fuga a eles, colocando-os fora da possibilidade de serem recapturados.

Walter Piazza aborda o assunto e transcreve documentos para a compreensão de tão importante questão. O primeiro é o seguinte:

> Vivendo eu na Caieira, distrito de São Miguel, estabelecido com negócio, sofri ultimamente 45 dias de prisão, por ter sido falsamente indiciado por meu vizinho e inimigo Manuel Moreira da Silva Júnior, como aliciador de escravos para fugirem em navios americanos que ali ancoram, vindo da pesca de baleias. Fui processado pelo Dr. Juiz municipal do termo, por denúncia do promotor público, mas, felizmente, a minha inocência foi reconhecida, e não fui pronunciado; sendo somente o americano Carlos Arther, o qual também em grau de recurso, foi despronunciado, sendo nas razões de recurso, feitas pelo advogado dessa capital o Sr. Manuel José de Oliveira, luminosamente discutido que não havia crime por falta de provas, e além disso, pela razão de que, não sabendo esse indivíduo remar em canoas, estava verificada a impossibilidade de

poder dar passagem a esses escravos fugidos. (ass.) Francisco José da Silva Biggs.[32]

Comentando essa forma de evasão de escravos, o mesmo autor assim se expressa:

> O Presidente da Província entendeu-se com o Cônsul dos Estados Unidos por causa desse sistema de evasão de escravos, pois, naquela data, o baleeiro americano *Highland Mary of Say Harbor* – isto em 15 de maio de 1868 – que, 'achando-se fundiada no ancoradouro de Santa Cruz, saiu pouco tempo depois' recolhendo 'a seu bordo sete escravos aliciados para fugir por outro escravo, chamado Frutuoso, que se achava a bordo, e que havia dois anos fugira da mesma maneira'. Para perseguir o baleeiro americano, o Presidente da Província, 'ordenou ao comandante da canhoneira *Henrique Dias* desse caça ao brigue, mas este não foi encontrado'.[33]

Como vemos, várias foram as conexões internacionais da quilombagem. Quando uma pesquisa sistemática for feita sobre este assunto, temos certeza de que os seus resultados serão surpreendentes. De qualquer forma, nas proporções deste livro, damos as primeiras indicações para um aprofundamento futuro.

---

[32] Piazza, Walter. *O escravo numa economia minifundiária*. São Paulo, Resenha Universitária/Udesc, 1975, p. 118.
[33] *Ibidem.*

VOCABULÁRIO CRÍTICO

Bacalhau: chicote de cinco pontas com que era açoitado o escravo fugido ou o que praticava alguma desobediência ao senhor. O transgressor era comumente amarrado ao pelourinho ou a um tronco de madeira com as nádegas nuas e açoitado publicamente. O número de açoites variava de acordo com o nível de desobediência ou gravidade da fuga.

Bastilha: uma das prisões francesas derrubada durante a Revolução. Neste livro, o termo se refere a um ajuntamento de negros que fugia ao cativeiro. A denominação é particular ao Estado do Rio de Janeiro.

Caifás: membro da ordem organizada por Antônio Bento em São Paulo, que mandava os negros fugidos para o quilombo do Jabaquara ou para outros locais seguros.

Capitão-do-mato: indivíduo profissional na caça aos escravos fugidos ou aquilombados. Recebiam uma quantia variável por peça recapturada. Eram quase sempre mulatos.

Cumbe: ajuntamento de negros fugidos durante a escravidão na Venezuela, correspondente, portanto, ao nosso quilombo.

Marron (negro): era o escravo fugido em Cuba e na Colômbia. Palavra de origem incerta, há quem a atribua ao termo *cimarron,* designando, originariamente, aqueles animais, como o porco, que de domésticos voltavam a ser selvagens.

Palenque: o mesmo que quilombo ou mocambo na Colômbia e em Cuba.

Quilombo: ajuntamento de negros em região não habitada. O mesmo que mocambo. Esse tipo de organização existiu durante toda a escravidão no Brasil, tendo sido Palmares o maior. Outros também foram importantes, como o do Ambrósio, em Minas Gerais.

Quilombola: morador de quilombos no Brasil. Muitos deles não eram obrigatoriamente negros, pois havia índios e brancos foragidos entre os seus habitantes.

Rancheador: termo correspondente a capitão-do--mato no Brasil. Esses perseguidores de escravos em Cuba usavam cachorros amestrados na sua captura.

Tumbeiro: navios negreiros que transportavam de diversas partes da África os escravos para o Brasil. Chegavam a trazer quatrocentos negros em uma viagem, mas a mortalidade era enorme, acontecendo chegar ao porto de destino somente metade da carga. Esse tráfico durou até pouco depois de 1850, quando foi proibido pela Lei Eusébio de Queirós.

BIBLIOGRAFIA COMENTADA

APTHEKER, Herbert. *American Negro slave revolts*. New York, Int. Publishers Co. Inc. 1952.
Levantamento rigoroso e detalhado das revoltas dos escravos negros nos Estados Unidos, dando-nos uma visão precisa desses conflitos. Apoiado em vasta documentação histórica e trabalhando sobre documentos inéditos, o autor repõe nos seus devidos termos as proporções das lutas dos escravos naquele país.

CARNEIRO, Édison. *O quilombo de Palmares*. São Paulo, Brasiliense, 1947.
Obra pioneira, que abriu caminho para todos aqueles que quiseram fazer uma revisão crítica da realidade palmarina. Análise objetiva e precisa, recoloca em primeiro plano certas questões ainda duvidosas na época, como o suicídio de Zumbi, e enriquece a edição com diversos documentos do tempo de Palmares. O livro teve mais duas edições, além da que estamos citando. O texto, porém, é basicamente o mesmo da primeira, nos seus rasgos fundamentais.

FOUCHARD, Jean. *The Haitian Marrons:* liberty or death. New York, Edward W. Blyden, 1981.
Trabalho sistemático sobre as lutas dos escravos negros no Haiti. Analisa pormenores dessas lutas até a independência da ilha. Indispensável para quem desejar aprofundar-se no assunto, especialmente no que diz respeito ao nível de influência da revolução do Haiti nos negros escravos do Brasil.

FREITAS, Décio. *Palmares:* a guerra dos escravos. 5. ed. Porto Alegre, Mercado Aberto, 1984.
O mais completo, sistemático e atualizado trabalho sobre a República de Palmares. O autor, conhecedor de documentos inéditos sobre Palmares, reescreve sua realidade com dados esclarecedores sobre sua estrutura interna, especialmente sobre o *grupo família*, as técnicas agrícolas e a estrutura administrativa.

LIMA, Lana Lage da Gama. *Rebeldia negra e abolicionismo*. Rio de Janeiro, Achiamé, 1981.

Trabalho bem elaborado sabre os mecanismos diversos que impulsionaram a luta pela Abolição no Brasil, destacando, em primeiro plano, as revoltas dos escravos negros. Tem uma parte importantíssima sobre a última fase da escravidão no Rio de Janeiro.

LUNA, Luiz. *O negro na luta contra a escravidão*. 2. ed. Rio de Janeiro, Cátedra; Brasília, MEC, 1976.

Livro bastante informativo, apoiado em fontes secundárias e que dá uma visão geral bastante satisfatória do que foram as lutas dos escravos no Brasil. Em linguagem muito clara, o livro tem, entre outros méritos, o de fugir à linguagem rebarbativa de muitos historiadores que tratam do assunto.

MOURA, Clóvis. *Rebeliões da senzala*. 3. ed. São Paulo, Ciências Humanas, 1981.

Para Nelson Werneck Sodré é a "primeira tentativa sistemática de estudo da massa escrava e de seus movimentos de rebeldia, dissipando preconceitos e apresentando o quadro à luz de novos critérios".

PRICE, Richard (org.). *Marron societies:* rebel slave communities in the Americas. 2. ed. Baltimore and London. The John Hopkins University Press, 1972.

Antologia pela qual se tem uma visão abrangente e profunda das lutas dos escravos negros nas Américas e em vários capítulos são descritas comunidades de escravos fugidos. Há um capítulo sobre o Brasil, escrito por Stuart B. Schwartz.

SALLES, Vicente. *O negro no Pará*. Rio de Janeiro FGV/UFPA, 1971.

O melhor trabalho já aparecido sobre o negro na região amazonense e sobre a sua participação como agente social coletivo, retratando a rebeldia do escravo negro inclusive durante a Cabanagem. Indispensável ao conhecimento da quilombagem no Brasil.